블러디메리가 없는 세상

최제훈 소설집

블러디메리가 없는 세상

펴낸날 2024년 3월 27일

지은이 최제훈
펴낸이 이광호
주간 이근혜
편집 허단 김필균 이주이 방원경 윤소진 유하은
마케팅 이가은 최지애 허황 남미리 맹정현
제작 강병석
펴낸곳 ㈜**문학과지성사**
등록번호 제1993-000098호
주소 04034 서울 마포구 잔다리로7길 18 (서교동 377-20)
전화 02)338-7224
팩스 02)323-4180(편집) 02)338-7221(영업)
대표메일 moonji@moonji.com
저작권 문의 copyright@moonji.com
홈페이지 www.moonji.com

ⓒ 최제훈, 2024. Printed in Seoul, Korea
ISBN 978-89-320-4248-0 03810

블러디메리가 없는 세상

최제훈 소설집

문학과지성사

차례

사라진 배우들

지난봄 췌장암으로 세상을 떠난 한수현 감독을 기억하는 이는 많지 않을 것이다. 영화판에서조차 "그분이 돌아가셨어요?"라며 왕년에 다혈질로 유명했던 동명의 프로야구 감독을 떠올리는 사람이 태반이니까. 한수현 감독은 지난해 「사라진 배우들」이라는 단 한 편의 영화를 연출했을 뿐이고 그마저 극장에서 선보일 기회를 갖지 못했다. 미리 말하지만, 숨은 명작을 발굴하겠다는 의도로 이 글을 쓰는 건 아니다.

필자는 한수현 감독과의 소소한 인연으로 「사라진 배우들」 기술 시사회에 초청을 받아 참석했다. 돌이켜보면 병색이 드러나기 전에 마지막 인사를 건네기 위해 지인들을 불러 모은 자리가 아니었나 싶다. 밤늦도록 이어진 옥상 뒤풀이에서 서빙 스태프로 슬쩍 끼어든 엘리를 보았고, 잡지에 영화를 대문

짝만하게 소개해주기로 한수현 감독과 약속했던 것 같다. 미리 말하지만, 취중에 반강제로 이루어진 그 약속을 지키고자 뒤늦게 펜을 든 건 더더욱 아니다.

'내 인생의 영화'라는 귀한 지면에 쟁쟁한 후보작들을 제치고「사라진 배우들」을 올리는 이유는, 라스트신에 사용된 생소한 연출 기법 하나를 언급하고 싶기 때문이다. 과욕의 산물로 보이는 그 기법은 아쉽게도 작품의 만듦새에 별다른 기여를 하지 못했다. 대신 자연인 한수현이 평생을 바쳤던, 현재 위기설이 팽배한 영화 산업에 '영화란 무엇인가'라는 우직한 화두를 던져놓았다. 플로베르였던가? 어떤 사물이 의미를 가지기 위해서는 그것을 가만히 쳐다보기만 하면 된다고 했던 게.

사람이? 직접?

아티네마 혁명 이후에 태어난 세대는 상상하기 힘들겠지만, 반세기 전만 해도 영화의 등장인물을 사람이 직접 연기했다. 실내 스튜디오나 야외 세트장에서 전문 배우들의 연기를 카메라로 몰아서 찍어놓고 편집을 거쳐 완성하는 방식이었다. 영화배우 협회가 있었고 조합이 있었으며 영화제에서는 배우들의 연기를 심사해 각종 상을 수여했다. 사실이다. 영화배우라는 직업군은 실제로 존재했을 뿐 아니라 스포츠 스타나 코미디언처럼 부와 인기를 누리는 선망의 대상이었다.

사람이? 직접? 고개를 갸웃거리고 있다면 아마도 '똑같은 사람이 어떻게 영화마다 다른 인물로 나올 수 있는가, 배역과 무관한 사람이 가짜로 연기하는 걸 알면서 어떻게 영화에 몰입할 수 있는가'라는 의문 때문일 것이다. 결론부터 말하자면, 그때는 그냥 그렇게 했다.

A라는 배우가 한 영화에서 평범한 회사원을 연기했다가 다른 영화에서는 사이코패스 살인마로, 또 다른 영화에서는 정의감 넘치는 형사로 나오는 게 가능했다. 관객들 역시 A가 호화 생활을 즐기는 사고뭉치 호색한일지라도 극장에서만큼은 고시원 백수로, 일편단심 순정남으로, 이순신 장군으로 받아들이고 영화에 몰입했다. 심지어 다양한 캐릭터를 천연덕스럽게 소화할수록 '연기 변신' '팔색조' 같은 수사로 찬사를 받았고, '신스틸러' '감초' 등으로 불린 인기 조연의 경우 한 해 대여섯 편의 작품에 동시다발적으로 얼굴을 내미는 일이 예사였다. 필자 역시 그런 묵시적 계약을 통해 영화라는 거대한 환상에 빠져든 시네필 소년이었다.

시네마 플래닛[1]에서 아티액터Artiactor를 캡처하는 현재와

1   영화 관람 및 GV 전용 메타버스 플랫폼으로 알고 있는 사람도 있는데,

비교하면, 당시의 영화제작 시스템에는 필연적으로 많은 모순과 폐해가 존재했다. 일단 매 장면을 실제 배경에서 실제 사람이 실제 의상과 소품을 활용해 촬영하다 보니 영화 한 편을 만드는 데 천문학적인 제작비가 필요했다. 일례로 2010년 제작된 「인셉션」의 경우 2천억 원—현재 가치로 약 2조 6천억 원—이 넘는 제작비가 소요되었다. 제작비의 대부분이 등장인물의 꿈속이라는 가상공간을 현실에 재현하는 비용이었으니 참으로 값비싼 다운그레이드가 아닐 수 없다. 자연히 투입되는 출연진과 스태프의 숫자는 수백 명을 넘었고 이들의 이름을 담은 엔딩 크레디트가 스크린 위를 10분 넘게 유유히 흘러가는 일이 다반사였다. 지금은 한 화면에 담기는 그 엔딩 크레디트 말이다.

이런 제작비 부담을 더욱 가중시킨 요인이 배우들의 과도한 출연료였다. 아티액터가 등장하기 전 배우들의 출연료는 순 제작비의 30퍼센트 이상을 차지했고, 이 중 절반은 주연 한두 명의 몫이었다. 카메라 앞에서 잠시 가난한 노동자나 밑바닥 건달인 척하는 대가로 일반 직장인의 수년 치 연봉을 단번에 챙겼던 것이다. 당시로서는 불가피한 거품이자 악순

현재는 기획부터 투자, 제작, 배급까지 모두 이곳에서 이루어진다. 괜히 '플래닛Planet'이겠는가.

환이었다. 영화를 만들자면 거대 자본의 투자를 받아야 했고, 투자사는 리스크를 줄이기 위해 티켓 파워가 있는 스타를 원했고, 스타의 몸값이 올라갈수록 더 거대한 자본의 투자를 받아야 했고…… 감독이 시나리오를 들고 배우를 쫓아다니는 해괴한 광경이 일상적으로 벌어지던 시대였다.

한마디로 영화제작은 수백수천억 원의 판돈을 걸고 벌이는 위험한 도박이었다. 돈을 딸 확률이 카지노와 짤짤이의 중간 어디쯤 되는. 탁월한 연기력과 카리스마로 작품의 완성도를 높이고 관객을 끌어모으는 배우라면 무엇이 아깝겠는가. 하지만 거액의 출연료를 받고도 엉성한 연기로 시나리오에 없는 웃음 포인트를 창출해 판돈을 말아먹는 야속한 배우도 많았다. 참고로 이런 연기에는 조악하고 질 낮은 수준을 가리키는 접두사 '발[足]-'이 붙었다.

저 병사의 정체는 뭐지?

한수현 감독과의 인연은 20년 전 어느 일요일 저녁으로 거슬러 올라간다. 필자는 개봉 예정작 프리뷰 작성을 위해 「미르 계곡과 제왕의 검」 가편집본을 보고 있었다. 제작비라는 허들이 낮아진 효과는 크게 두 가지 방향으로 나타났다. 투자금을 회수하기 힘들어 외면받던 예술영화의 양산과 투자

할 가치가 없어 외면받던 블록버스터급 상업 영화의 양산. 한국형 판타지를 표방하며 불을 뿜는 이무기, 팔도의 지박령 부대, 사악한 남녀추니 무당을 내세운 「미르 계곡과 제왕의 검」은 후자에 속하는 영화였다.

비즈니스적 동지애와 저널리즘적 양심의 적절한 타협점을 모색하는 사이 영화는 예정된 해피엔드에 도달해 있었다. 제주도에서 벌어진 최후의 결전, 금불상을 녹여 만든 쇠뇌를 맞고 백록담에 처박힌 이무기, 악의 세력을 물리친 왕자와 인질로 잡혀 있던 공주의 입맞춤…… 순간 머릿속에서 무언가 덜커덩하고 요동쳤다. 무심코 과속방지턱을 타 넘은 것처럼, 덜커덩.

이유는 두 번을 더 돌려 본 후에야 알게 됐다. 왕자와 공주를 둘러싼 흙투성이 병사 중 한 명의 표정이 이상했던 것이다. 환호성을 올리는 동료들 틈에서 그 역시 입으로는 웃고 있었지만 눈에는 슬픔이 그득했다. 모니터에 얼굴을 붙이고 세번째로 재생 버튼을 눌렀다. 착각이 아니었다. 왕자와 공주가 클로즈업되며 프레임 밖으로 사라지기 직전, 그 젊은 병사가 한 손을 가슴에 얹고 다른 손으로 눈가를 훔치는 동작이 똑똑히 보였다.

전쟁터의 병사들 같은 대규모 엑스트라의 경우 그린 캡슐에서 99.9퍼센트 압축률로 일괄 제작되기에 독자적인 감정

표현이 불가능하다. '유쾌하게 웃으며 환호성을 올린다'는 명령어를 충실하게 이행하는 온순한 좀비들일 뿐이다. 그런데 저 병사의 정체는 뭐지? 감격이 복받쳐 울먹이는 건가? 하지만 일회성으로 주입된 표정이라기엔 전해지는 감정의 깊이가 만만치 않았다. 웃음으로 밀려 올라간 볼살을 지그시 내리누르는 눈꼬리, 손등으로 은밀하게 훔치는 눈가의 영롱한 반짝임. 그 불가능한 슬픔이 필자의 호기심을 자극했다.

엔딩 크레디트에 올라온 아티액터 제작사는 이브 액터스였다. 연락처를 찾아 문의하니 자신들은 주연과 서브까지만 맡았고 조단역과 엑스트라는 휴먼 트리라는 업체에 하청을 주었다는 답이 돌아왔다. 다시 휴먼 트리에 연락해 해당 영화를 담당한 라이프 디자이너를 찾았다. 전화를 건네받은 건 연배를 짐작하기 힘든 나긋한 고음의 여성이었다. 신분을 밝히고 「미르 계곡과 제왕의 검」과 관련해서 만나고 싶다고 하자 그녀는 흔쾌히 응했다. 신작 취재차 인터뷰하는 것으로 오인하는 기색을 굳이 바로잡지는 않았다.

다음 날 찾아간 휴먼 트리 작업실에는 (아침 일찍 숍에서 헤어와 메이크업을 받은 게 분명한) 단발머리의 중년 여성이 삼면경 화장대처럼 펼쳐놓은 모니터 앞에 앉아 있었다. 몸을 바듯하게 감싼 샤넬의 하운드 투스 체크 정장 역시 평소 근무 복장은 아닌 듯했다. 인사를 건네자 그녀는 화사한 미소와 함께 손을 내밀었다. 입술이 대각선으로 부드럽게 실그러지며 왼쪽 뺨에 작은 보조개가 잡히는 순간, 30년의 시간 저편에서 떠오르는 이름이 있었다. 한수현.

영화제작 과정이 낯선 분들을 위해 라이프 디자이너란 직업에 대해 간략히 소개하고 넘어가는 게 좋겠다.

극사실주의 CG가 실사 배경을 넘어 인물까지 대체하기 시작한 건 벌써 오래전의 일이다.[2] 하지만 디지털 배우가 곧장 인간 배우와 바통 터치를 했던 건 아니고 한동안 공존하는 관계가 이어졌다. 말이 공존이지 당시의 풀 CG 영화는 '어디 한번 봐 볼까나?' 정도의 이벤트성 관심에 만족해야 했다. 당연히 흥행 성적은 저조했고 진지한 비평의 대상이 되지도 않았다. 실패 요인은 따로 분석할 것도 없었다. 모션 캡처로 만들어진 이미지에 성우가 목소리를 더빙한 디지털 꼭두각시 배우의 매력 부족. 관객들은 엉덩이에 QR코드라도 찍혀 있을 듯한 유사 인간의 연기에 감정을 이입하기 힘들었고, 그들의 외양이 자신과 가까워질수록 불쾌한 골짜기Uncanny Valley에 의한 거북함만 더해졌다.

2   로버트 저메키스 감독의 풀 CG 영화 「폴라 익스프레스」를 두고 제작사가 오스카 측에 실사와 애니메이션 중 어느 부문에 출품해야 하는지 문의한 게 2004년이다.

AI 시대와 함께 탄생한 신인류가 이런 문제를 해결해주리라 믿었다. 더욱 정교해진 CG와 딥페이크 기술이 결합해 탄생한 버추얼 휴먼은 단번에 불쾌한 골짜기를 뛰어넘어 인간과 같은 땅을 딛고 섰다. 앞다투어 등장한 버추얼 아이돌 그룹들이 음원 차트를 휩쓴 게 문화계 격변의 신호탄이었다. 모션 캡처와 더빙도 필요 없는 백 퍼센트 버추얼 배우로 제작된 영화들이 속속 등장했다. 극장으로 몰려든 관객들은 팝콘을 씹으며 생각했다. '어디 한번 봐 볼까나?'

그렇다. 버추얼 휴먼은 가수로 모델로 아나운서로 쇼 호스트로 대중과 친숙하게 어울렸지만 유독 극장에서만은 고전을 면치 못했다. 어쩌겠나, 관객들이 감정이입을 못 하겠다는데. 덕분에 인간 배우들은 변함없이 부와 인기를 누렸으며 감독들은 계속 시나리오를 들고 톱스타를 쫓아다녀야 했다.

똑같이 가짜 연기를 하는데 왜 관객들은 위화감을 느끼는 걸까? 더 어설프게 연기하는 인간 배우도 많은데. 비주얼과 표현력에서 이미 인간을 능가한 버추얼 배우에게 부족한 게 대체 뭘까? 영화계 관계자, 인문학자, 소설가, 뇌생리학자, 관객 들이 머리를 맞대어 도달한 결론은 '기억'이었다.

사람은 누구나 살아온 시간만큼의 기억을 자기 안에 간직한 채 살아간다. 이따금 혼자 꺼내 보는 빛바랜 앨범에 불과할지라도 거기에 끼워진 사진 한 장 한 장이 사람 사이에 보이지 않는 접착제 역할을 하는 것이다. 관객들은 단순히 등장인물의 두 시간짜리 퍼포먼스가 아닌 그들의 기억에 접속하고 싶어서 돈을 지불해가며 어둠 속에 몸을 묻는 것이다. 뛰어난 배우란 자신이 간직한 기억을 캐릭터의 기억과 접붙여 시나리오에서 생략된 기억까지 창조하는 예술가이다. 그렇다면 해결책은 분명했다. 버추얼 배우에게 기억을 심어줄 것. 접붙이기고 창조고 다 필요 없는 진짜 기억을.

이 무렵 메타버스 플랫폼에서는 인간처럼 타고난 유전자형을 지녔으며 사용자 아바타와의 상호작용을 통해 성격이 형성되는 버추얼 소울메이트가 유행이었다. 형성된 성격에 비추어진 제 모습이 못마땅했기 때문인지, 언제든 소울메이트를 리셋할 수 있는 일방적 권력이 '소울'과도 '메이트'와도 어울리지 않았기 때문인지, 가상 영혼 친구의 인기는 생각보다 빨리 수그러들었다. 대신 관련 기술이 영화계에 혁명적인 변화를 가져왔으니, 여전히 디지털 꼭두각시 취급을 받던 버추얼 배우에게 맞춤형 기억을 심어 아티액터를 탄생시킨 것이다.

반응은 즉각 나타났다. 관객들은 기억을 장착한 버추얼 배우에게 더 이상 위화감을 느끼지 않고 온전히 영화에 빠져들었다. 대기 중이던 영화제작 기획서의 '캐스팅' 항목이 줄줄이 수정됨에 따라 아티액터 전문 제작사들이 생겨났다. 80종이 넘는 인간 유전자형—홍보성 세분화에 불과하다는 지적이 많지만—중 캐릭터에 어울리는 더미dummy를 선정하고 시나리오상의 나이까지 키워 영화사에 제공하는 배우 농장이 들어선 것이다. 이때 비주얼 디자이너가 만든 외양에 기억을 주입해 개성을 부여하는 게 바로 라이프 디자이너의 역할이다.

'피노키오를 사람으로 만들어주는 푸른 요정'에 비유될 정도로 라이프 디자인은 아티액터 제작의 핵심 요소이다. 라이프 디자이너가 시나리오에 담긴 감독과 작가의 의도를 얼마나 잘 캐치하는가, 얼마나 섬세하고 창의적인 기억을 채워 넣는가에 따라 아티액터가 주는 정서적 감응력이 차이를 보이기 때문이다. 외모와 연기에 짙은 호소력까지 갖춘 공손한 배우를 누군들 탐내지 않겠는가. A급 라이프 디자이너의 경우 높은 몸값에도 불구하고 감독들의 러브콜이 끊이지 않는 이유이다.

라이프 디자이너의 역량을 가름하는 또 하나의 중요한 요소는 압축률 컨트롤이다. 서른 살 먹은 등장인물을 만들기위해 30년을 기다릴 수는 없는 노릇이기에 아티액터들은 그린 캡슐이라 불리는 디지털 인큐베이터에서 시간을 압축해 성장한다. 주입하는 기억이 많을수록, 성격이 입체적일수록 압축률은 낮아질 수밖에 없고 그만큼 더 많은 시간과 비용이 소요된다. 따라서 유능한 라이프 디자이너는 인물의 매력과 압축률 간(즉, 작품의 완성도와 제작비 간) 최적의 균형점을 찾아낼 수 있어야 한다.

주연급 아티액터 한 명을 만들기 위해서는 전담 팀을 꾸려 미팅과 시연과 수정을 반복하는 지난한 과정을 거쳐야 한다. 그래도 콧대 높은 배우들을 무작정 따라다니고 스케줄 조정하고 역할에 맞게 살을 찌우고 빼고 액션스쿨에 다니고 승마나 암벽 타기를 배우고 사투리를 익히고 얼굴에 수염이나 라텍스 주름을 붙이고 무수한 NG와 아니꼬움을 감수하며 촬영하는 것보다는 훨씬 더 효율적이다. 무엇보다 결과물의 차이를 생각해보라. 이제 「레 미제라블」을 감상할 때 관객들은 베벌리힐스의 호화 저택에서 모델들과 파티를 벌이는 셀럽의 가식 대신, 실제 굶주림에 지쳐 빵 한 조각을 훔친 죄로 19년을 복역한 괴력의 숫총각을 만나는 것이다.

감독, 작가, 제작사, 배급사, 투자사, 관객까지 영화 산업을 둘러싼 모든 이들이 아티액터의 등장을 두 팔 벌려 환영했다. 배우만 빼고. 아티네마 혁명으로 불리는 새로운 제작 시스템이 자리를 잡기 무섭게 무비 스타들은 혜성처럼 사라졌다. 아무리 연기가 뛰어난 배우라고 해도 실제 삶을 보여주는 당사자를 따라갈 수는 없으니까. 그렇게 사라진 별 중의 하나가 한수현이었다.

"그래서 나보고 뭘 어쩌라고요?"

더스티블루 트렌치코트를 걸치고 걸어가는 뒷모습. 오른손을 허리에 얹으며 상체를 뒤로 틀고, 빙그르르 커튼처럼 젖혀지는 머리채가 제자리를 잡기 전, 실그러져 올라간 입술 끝에 팬 보조개에 약간의 짜증과 약간의 빈정거림과 약간의 거드름과 약간의 긍지를 담아 내뱉는 한마디.

"그래서 나보고 뭘 어쩌라고요?"

어떤 영화의 어떤 맥락에서 나온 대사인지는 기억에 없지만, 필자에게 '한수현'이란 이름을 각인시킨 그 장면은 지금도 생생하다. 체온을 가진 마지막 세대 배우답게 그녀의 연기는 매우 인간적이었다. 어떤 역을 맡건 자연인 한수현이 당당히 앞에 나서서 캐릭터를 가렸다. 혹자는 그녀의 외모 때문에 연기가 평가절하된다고 변호했지만 배심원을 설득하기엔 무리였다. 사실 평가절하된 건 그녀의 열정이었다.

한수현은 (연기력보다 미모가 월등한 여배우들의 단골 루트였던) 폼 나는 배역만 고집하며 CF에 전념하는 대신 몸을 사리지 않고 연기 변신을 시도했다. 아련한 첫사랑으로, 피도 눈물도 없는 악녀로, 왈가닥 변호사로, 빈민굴에서 버둥거리는 전과자로. 하지만 어떤 변신을 하건, 단순히 발연기로 치부하기엔 미안하고 개성이라 여기기엔 거슬리는 그 '오묘한 어색함'은 떨쳐지지 않았다.

'그녀의 열정은 점차 안타까움으로 다가왔다'라는 문장을 덧붙일 수 있으면 좋으련만, 당시 한수현에게 안타까움을 느끼는 이는 거의 없었다. 그녀의 높은 콧대와 죽 끓듯 하는 변덕에 대해서는 영화판에 소문이 자자했다. 감독과 말다툼을 벌여 또 현장을 이탈했다더라, 엔딩 크레디트에 오르는 순서를 두고 생떼를 썼다더라, 떠오르는 후배 연기자의 뺨을 풀스윙으로 후려치는 열연을 펼쳤다더라, 대선배와 지각 배틀을 벌였다더라, 울릉도 로케 도중 고디바 초콜릿을 요구해 스태프를 멘붕에 빠뜨렸다더라…… 입방아로 부풀려졌음 직한 부분을 걷어내더라도 눈살을 찌푸리기에 충분한 양이었다.

가십난을 털어 온 듯한 구설에도 불구하고 한수현이 활동을 지속할 수 있었던 이유는, 매력적이었기 때문이다. 유복하게 자란 철부지의 긍정적인 면이 극대화된 캐릭터라고 할까. 그녀는 대책 없이 밝았고 엉뚱하게 총명했으며 세상이 그렇게 복잡한 게 아닐지 모른다는 깨달음을 주었다. 무엇보다 아름다웠다. 필자 역시 그녀의 산란한 매력에 빠진 사춘기 소년이었다. 연기가 좀 어색하고 성격이 까탈스러우면 어떤가. 바라보기만 하면 어디 처박혀 있는지도 몰랐던 에너지가 마구 샘솟는데. 스타란 그런 존재였다.

"이 몰골을 용케도 알아보네요."

반갑게 손을 맞잡으며 알은체하자 한수현 씨는 절제된 미소로 화답했다. 잔주름이 시냇물처럼 눈가를 흐르고 도톰하던 입술은 차분히 가라앉았으며 가르마 양편으로 순백의 새치가 고고하게 돋았지만, 그녀를 알아보는 건 어렵지 않았다. 30년의 시간이 그녀의 얼굴에 남긴 흔적은 노화라기보다 작품을 완성시킬 생각이 없는 대가의 섬세한 잔손질처럼 보였다.

우리는 그녀의 단골(이라고 하는데 오픈한 지 반년이 채 안 된) 와인 바로 자리를 옮겼다. 잡지에 소개되는 공식 인터뷰가 아니라는 걸 알고 그녀는 샤넬 정장을 매만지며 실망감을 감추지 못했다. 어린 시절의 우상을 실망시키는 건 이중으로 울적한 심사일지니. 다행히 팬심을 듬뿍 담아 과거의 영광을 반추하는 사이 그녀는 마음을 풀고 사적인 인터뷰를 허락해 주었다.

한수현 씨는 열일곱 살에 이동 통신사의 이미지 광고 모델로 데뷔했다. 기계 사막의 폐허 위로 빛 가루를 흩뿌리며 떠다니는 사이버펑크풍 애꾸눈 요정. 광고는 공개되자마자 엄청난 이슈가 되었고 이슈의 9할은 보는 이를 빨아들이는 마성의 모델에 집중되었다. 저 소녀는 누구지? 아니 성인인가? 외국인인가? 소년인가? 이런 반응을 예상한 듯 신비주의 콘셉트를 내세워 그녀의 신상은 철저히 비밀에 부쳐졌다.

"같은 반 친구들조차 나인 줄 몰랐다니까요. 비밀첩보원이 된 기분이었죠. 재미있고 신기했어요. 나한테 이런 면이 있었구나…… 그때 받은 출연료로 나랑이를 샀던 게 생각나네요. 갈색 프렌치 푸들. 부모님 반대로 못 키우고 있었는데, 내가 번 돈으로 질러버렸죠."

2년 후 한수현 씨는 「그녀는 오늘도」라는 청춘 로맨스 영화의 주연을 맡으며 본격적인 배우의 길로 들어섰다. 영화는 중박을 쳤고 예쁘고 털털한 여주는 대박을 쳤다. 신비주의 봉인이 해제되며 드러난, 아버지가 저명한 물리학자이고 어머니는 국립 무용단 수석 무용수 출신이라는 배경은 또 하나의 후광이 되어 그녀를 따라다녔다.

길지 않은 활동 기간 동안 한수현 씨는 영화, 드라마, CF를 넘나들며 강렬한 임팩트를 남겼다. 데뷔 초부터 톱을 찍은 몸값에 물려받은 금수저까지 감안하면 평생 풍족하게 지내기에 부족함이 없었을 것이다.

"하하, 월급쟁이 한수현이 이상한가요? 허 기자님도 알다시피 내 필모가 제법 다양하잖아요. 매번 새로운 인생 속으로 뛰어드는 게 즐거웠어요. 작품에 돌입하면 항상 캐릭터를 분석해 전 생애를 상상으로 복원하곤 했죠. 어떤 가정환경에서 자라나 어떤 학창 시절을 보냈는지, 누구와 연애를 했는지, 어떤 추억이, 어떤 콤플렉스가 시나리오상의 그녀를 만들었는지. 라이프 디자이너야말로 그렇게 축적된 노하우를 발휘할 수 있는 분야라고 생각해요. 휴먼 트리 대표가 내 매니저 하던 친구인데, 제안이 왔을 때 전혀 고민하지 않았죠. 그때나 지금이나 난 배우예요. 변함없이 영화를 사랑하는."

영화에 대한 그녀의 사랑을 모르는 바 아니지만, 이후에 알음알음으로 주위들은 몇 가지 소문 또한 조금은 영향을 미쳤을 것이다. 수입이 끊긴 후에도 지속된 낭비벽, 두 번의 (일 벌이기 좋아하는 껄렁하고 반반한 한량과의) 결혼과 두 번의 이혼, 재활 병원을 들락거리게 만든 알코올의존증. 문득 궁금해졌다. 자신의 설 자리를 앗아간 아티액터를 키우는 아이로니컬한 현실에 거부감은 없는 걸까?

"솔직히 처음엔 회의가 들기도 했죠. 가짜 기억을 주입해서 진짜 배우를 만든다니, 이게 뭐 하는 짓인가…… 하지만 막상 일에 몰두하자, 뭐랄까, 한 캐릭터를 연기하는 배우를 넘어 영화 속 모든 이들의 대모가 된 기분이었어요. 내 손을 거쳐 탄생한 아티액터들이 스크린에서 활약하는 모습을 보면 뿌듯해요. 애들은 자유의지라는 게 없기 때문에 영혼을 가진 존재의 손길이 필요하잖아요. '배우는 무대에 있을 권리를 스스로 찾아내야 한다.' 애들이 스타니슬랍스키의 『배우 수업』을 읽어나 봤겠어요?"

한수현 씨는 와인 잔을 빙글빙글 돌리며 수사의문문으로 말을 맺었다. 라이프 디자이너라면 당연히 알고 있을 테지만 굳이 답변을 하자면, 아티액터의 디지털 유전자에는 스타니슬랍스키의 『배우 수업』을 포함해 모든 연기론 관련 데이터가 내재되어 있다. 말 그대로 연기 유전자를 타고난 천생 배우인 셈이다. 어쩌면 인지와 학습 능력을 갖춘 존재를 부리기 위한 불가피한 선택이 아닐까? 캡처 도중 배우들이 '이게 뭐 하는 짓인가……' 실존적 고민에 빠지기 시작하면 영화는 영원히 완성되지 않을 테니까.

리스트 상단에 위치한 와인을 세 병째 시켰을 때에야 한수현 씨를 찾은 본래 목적이 떠올랐다. 「미르 계곡과 제왕의 검」에서 본 기이한 병사에 대해 질문하자 그녀는 주름 잡힌 긴 목을 뒤로 젖히고 한참을 웃었다.

"허 기자님, 눈썰미도 좋으셔. 그걸 알아채는 사람이 있을 줄이야."

설명인즉, 전쟁터 병사들을 일괄 제작하던 중 그녀는 한 병사에게 '방주'라는 이름과 함께 아홉 살 초여름의 생생한 기억 하나를 주입했다. 대장장이의 아들인 방주는 어느 날 왕의 행차를 피하다가 쇠똥을 밟고 미끄러져 논바닥에 거꾸로 처박혔다. 그 바람에 뙤약볕 아래서 힘들게 잡은 개구리 세 마리를 놓치고 말았다. 씨, 통통하게 살이 오른 놈들이었는데.

깔깔거리는 호위병들을 비집고 푸른 비단옷 위로 땋은 머리를 길게 늘어뜨린 여자애가 나타났다. 호위병들은 그녀를 공주님이라고 부르며 다시 가마에 오르기를 청했다. 하지만 여자애는 논두렁 아래로 손을 내밀어 방주를 일으켜 세운 후 허리에 차고 있던 주단 향낭을 건넸다. 금실로 수놓은 나비는 예뻤지만 처음 맡아보는 요상한 향기에 방주는 얼굴을 찌푸렸다. 고개를 들자 왕의 행차는 이미 저만치 멀어져 있었다. 방주는 향낭을 논바닥에 패대기치고 침을 퉤 뱉었다.

그날 밤, 몰래 집을 나온 방주는 보름달 아래서 네발로 엎드려 논바닥을 헤집고 다녔다. 코끝을 간질이던 그 요상한 향기가 계속 떠올라 잠을 이룰 수 없었던 것이다. 마침내 흙

탕에 처박힌 향낭을 찾았지만 눈물에 향료가 다 녹아 아무 냄새도 나지 않았다. 대신 보름달처럼 뽀얀 얼굴의 소녀가 눈앞에 나타났다. 생긋이 웃으며 그에게 손을 내미는.

"방주는 10년 넘게 주단 향낭을 지니고 다녔어요. 공주가 떠오를 때면 꺼내어 오래전에 사라진 향기를 맡으면서. 그러던 어느 날 공주가 사악한 무당에게 납치됐다는 소식에 직접 만든 칼을 들고 관병에 지원한 거죠. 가슴에 향낭을 품은 채 방주는 전투마다 목숨을 걸고 싸웠고, 마침내 최후의 승리를 거두었지만……"

그래서 그 병사가 한 손을 가슴에 얹으며 눈가를 훔쳤구나. 대사 한마디 없는 엑스트라의 사연이 이무기가 날아다니며 불을 뿜는 본편 스토리보다 한층 흥미롭게 다가왔다. 왜 그런 장난을 쳤는지 묻자 한수현 씨는 천진하게 웃으며 대답했다.

"그냥, 그럴 수도 있잖아요. 압축률 높은 애들만 작업하다 보니 시간은 남아돌고, 아무 생각 없이 우르르 몰려다니는 거 보면 답답하고 그래서."

그날 이후 필자는 휴먼 트리가 작업에 참여한 영화를 볼 때면 후경을 유심히 살피게 되었다. 테이블을 세팅하다가 나이프를 들고 잠시 내려다보는 웨이터, 야구장 외야석에서 말다툼하는 노부부, 칵테일을 입에 머금었다가 몰래 잔에 다시 뱉는 클러버…… 엑스트라들의 사소한 이상행동은 곧잘 눈에 띄었다. 그때마다 필자는 그들의 사연을 멋대로 헤아려보다가 한수현 씨에게 전화를 걸었고, 그녀는 함박웃음과 함께 정답을 알려주었다.

"사실 그 웨이터는 살인 충동을 타고난 사이코패스예요. 어릴 적 주인집 강아지를 죽인 일로 자신의 성향을 깨닫게 됐죠. 하지만 그 무서운 충동에 잡아먹혀 범죄자가 되고 싶지 않았어요. 그래서 사람들과의 접촉을 최소화한 채 조용히 살아가고 있죠. 문득문득 치밀어 오르는 본능을 간신히 억누르며……"

한동안 한수현 씨가 숨겨놓은 이스터 에그를 찾는 재미가 쏠쏠했다. 그녀가 탁월한 연기자는 아니었을지 몰라도 유능한 라이프 디자이너였음은 틀림없다. '그냥, 그럴 수도 있는' 한두 가지 기억의 주입만으로 배경에 불과한 엑스트라가 긴장감 넘치는 은밀한 일탈을 선보였다. 물론 시네마 플래닛의 모든 아티액터는 감독 아바타의 디렉팅에 따라 움직이기 때문에 그 이상의 일탈은 불가능했다.

이스터 에그가 귀해진 건 한수현 씨가 차츰 비중 있는 조연을 담당하게 되었기 때문이다. 자연히 소외의 자유로움 덕에 가능했던 발칙한 장난은 더 이상 허용되지 않았다. 필자 역시 '현실'이라는 메타버스 플랫폼에서 보이지 않는 감독의 디렉팅에 따라 움직이느라 무용한 일에 관심을 쏟을 여력이 줄어들었다. 차츰 뜸해지던 연락이 완전히 끊긴 게 언제인지는 기억나지 않는다.

10년 후

영화라면 '10년 후'라는 자막 하나로 신이 연결되겠지만 현실에서는 실제로 10년의 시간이 흘러야 한다. 그동안 필자는 대학 영화과에 자리를 잡았고 결혼을 했고 신도시에 방 세 개짜리 아파트를 분양받았고 감수성이 풍부한 아들을 얻었고 경차를 SUV로 바꿨다.

결혼을 앞두고 한수현 씨에게 오랜만에 전화를 걸었으나 없는 번호라는 안내가 흘러나왔다. 휴먼 트리에 연락하자 벌써 그만뒀다는 답이 돌아왔다. 전 매니저였다는 대표에게 소식을 물어볼까 하다가 휴대폰 번호까지 바꾼 의사를 존중하기로 했다.

한수현 씨 소식을 다시 접한 건 동료 기자를 통해서였다. 이제는 기삿거리조차 안 되는 소식이지만, 필자가 술자리에서 그녀에 대해 주저리주저리 늘어놓던 게 떠올라 전해준다고 했다. 세상이 그렇게 복잡한 게 아닐지 모른다는 깨달음은 내리막길에서도 똑같이 적용된다.

"자살 시도를 해서 응급실에 실려 갔다더라고. 와인 잔을 깨서 손목을 그었다는데, 다행히 위험한 고비는 넘긴 모양이야. 환갑 넘어 자살이라니, 그 양반도 참……"

꽃다발을 들고 병원 로비에서 잠시 서성인 건 스타와 자살이라는 구시대의 클리셰를 대면하는 게 부담스러웠기 때문이다. 믿기 힘들겠지만, 아티네마 혁명 전에는 부와 명성을 거머쥔 톱스타들이 스스로 목숨을 끊는 사건이 심심찮게 발생했다. 더욱 믿기 힘들겠지만, 이들 스타와 자신을 동일시한 팬들이 모방 자살을 하는 베르테르 효과가 뒤따르기도 했다. '살과 피로 된 우상'[3]은 늘 크고 작은 부작용을 몰고 다녔다.

---

3 지난 세기에 쓰어진 에드가 모랭의 『스타』에는 지금은 무의미해진 버나드 쇼의 경구가 나온다. "야만인은 나무와 돌로 된 우상을 숭배하고, 문명인은 살과 피로 된 우상을 숭배한다."

"어머, 이게 누구야. 허 기자님, 연락이라도 하고 오시지."

허둥지둥 손빗질을 하던 한수현 씨는 이내 꽃다발을 품에
안고 우아하게 향기를 음미했다. 그녀의 얼굴엔 시간이라는
대가가 10년을 더 공들인 흔적이 역력했다. 우묵한 눈두덩을
파고든 눈망울은 여전히 반짝였고 야무진 팔자주름에 갇혔
음에도 입술은 미소를 잃지 않았다. 자살 시도에 대해 그녀는
"푸!"소리를 내며 일축했다.

"이런, 이런, 소문이 그렇게 퍼졌어요? 혼술이 좀 과했던
것뿐이에요. 와인글라스를 쥔 채로 넘어졌는데 그게 깨지면
서 손목에 유리 조각이 박혔지 뭐야. 아, 창피해라. ……아뇨,
그냥 놔둬요. 명색이 여배우인데, 멍청한 것보다는 예민한 게
낫지 않겠어요?"

어느 쪽을 믿어야 할지 가늠하기 힘들어 적당히 휘저어서
받아들이기로 했다. 만취해 넘어져본 사람은 알 것이다. 가
끔은 다시 일어나고 싶지 않을 때가 있다는 걸.
라이프 디자이너 일은 왜 그만두었느냐고 묻자 한수현 씨
는 힘없이 웃었다.

"그냥, 더는 못 해 먹겠더라고요. 계속 압축, 압축, 압축. 내가 그린 캡슐에 갇혀 쪼그라드는 것처럼 숨이 막히더라니까. 도대체 무슨 생각으로 영화를 만드는 건지…… 허 기자님, 우리 예전엔 그래도 그런 게 있었잖아. 시네필로서의 프라이드 같은 거."

무슨 말인지 알 것 같았다. 영화제작 환경의 혁신은 명작의 길을 터주는 대신 하향 평준화를 향한 속도전 양상을 띠어갔다. 영화 잡지마다 '풍요 속의 빈곤'이니 '그 밥에 그 나물'이니 하는 수사가 빈번하게 등장했다. 그 와중에 호황을 맞은 아티액터 제작사들은 납기와 단가를 맞추기 위해 꾸준히 압축률을 높여갔다. 주연급의 평균 압축률 90퍼센트라는 수치가 과장이 아니라는 건 신작 한두 편만 봐도 알 수 있었다. 최첨단 AI 기술의 집약체인 아티액터가 초창기의 디지털 꼭두각시를 모방하는 흥미로운 시대가 도래했다.

"걔들은 모르겠죠? 자기 삶이 돈 몇 푼 때문에 계속 찌부러지고 있다는 걸. 보고 있으면 안쓰러워. 그렇게 얼렁뚱땅 태어났다가 영화가 끝나면 바로 실행 정지되고. 모두들 이젠 그걸 당연시하잖아요. 사라지면 금세 다른 배우가 나오니까.

가짜 기억일망정 걔들 나름대로는 혼신을 다해 삶을 연기하는데, 결국 일회용이야, 일회용. 하긴 뭐……"

한수현 씨는 붕대가 감긴 손목을 내려다보며 가만히 한숨을 내쉬었다. 병실 창밖으로 벚꽃 잎이 흩날렸던 걸 보면 4월 중순쯤이었던 것 같다. 「초속 5센티미터」라는 고전 2D 애니메이션을 떠올렸던 기억이 난다. 벚꽃이 낙화하는 속도. 어디선가 우리의 라이프 디자이너도 가만히 한숨을 내쉬고 있을 듯했다. 하긴 뭐……

저녁 배식 카트가 들어오는 걸 보고 몸을 일으키는데 한수현 씨가 기습적인 질문을 던졌다.

"허 기자님, 옛날 내 연기 어땠어요?"

배역을 가리지 않는 인상적인 연기였다고 대답했던 것 같다. 인간적인 연기라고 했던가? 한수현 씨는 가볍게 콧방귀를 뀌었다.

"연기 선생님이 맨날 그랬어. 나를 버리고 캐릭터에 뛰어들라고. 절벽에서 다이빙하는 심정으로, 풍덩. 근데 그게 안 되는 거야. 무섭다, 연기 참 어렵다, 그런 문제가 아니라……"

그녀는 고개를 돌려 해가 설핏해진 창밖을 멍하니 바라보다가 말을 이었다.

"정말 방법을 모르겠더라고. 나는 그냥 난데, 어떻게 버리라는 거지? 끌어안고 있는 것도 아닌데. 그게 버린다고 버려지나?"

그해 가을, 한수현 씨는 세번째 결혼 소식을 전해 왔다. 상대는 입원 당시 말동무로 지낸 동갑내기 도예가라고 했다. 유머러스하고 말이 잘 통하는 사람이라고, 젊을 때 자신의 열성 팬이었다고. 해외 영화제 취재 때문에 결혼식에 참석하지는 못했지만, 더 이상 그녀가 와인 잔을 든 채 넘어지는 일이 없기를 마음 깊이 기원했다.

다시 9년 후

다시 9년의 시간이 흘렀다. 그동안 아파트 대출금을 다 갚았고 차를 세단으로 바꾸었고 중학생이 된 아들은 과묵해졌고 영화계는 여전히 '그 밥에 그 나물'을 편식하고 있었다. 예고편만으로 결말까지 짐작 가능한 안일한 상업 영화들이 매주 열댓 편씩 쏟아져 나오는 통에 일일이 별점을 매기기도 벅찼다. '카메라 만년필설'의 완벽한 여건이 갖추어졌건만 이젠 만년필을 손에 쥐려는 사람이 없었다. 평생 지속될 줄 알았던 영화에 대한 애정이 데면데면 식어가는 게 그다지 아쉽지도 않았다. 한수현 씨에게 연락이 온 건 그 무렵이었다.

"허 기자님, 잘 지냈어요? 이번에 내가 영화 한 편 만들었잖아. 잡지에 대문짝만하게 실어줄 거죠?"

72세에 입봉한 노감독은 들뜬 음성이었다. 휴대폰 너머에서 들려온 하이 톤의 웃음소리가 룰렛 볼처럼 귓바퀴를 뱅글뱅글 맴돌았다.

「사라진 배우들」 기술 시사회는 '화약고'라는 유서 깊은 영화사에서 열렸다. 시사실에 모인 30여 명의 사람들은 필자처럼 알음알음으로 참석한 영화계 지인들인 듯했다. 블랙 맥시원피스에 진주 목걸이를 늘어뜨린 한수현 씨는 잿빛 콧수염을 기른 노신사의 팔을 잡고 입장했다. 당연히 세번째 남편이라 생각하고 인사를 건넸으나, 아니었다.

"허 기자님도, 그이하곤 벌써 헤어졌지. 사람은 괜찮은데 안 맞아, 살다 보니 안 맞더라고. 아, 이쪽은 이번에 총괄 프로듀서를 맡은 화약고 대표. 나 마지막 영화 찍을 때 조감독이었는데……"

영화는 전직 배우였던 라이프 디자이너(객석에 앉은 감독과 노골적으로 닮은) L의 이야기이다. 수많은 일회용 인생을 만들면서 L은 생각했다. 나도 다른 삶을 살 수 있지 않았을까? 장난 반 호기심 반으로 그녀는 자전적 아티액터 엘리를 만들기로 했다. 자신과 가장 흡사한 유전자형 더미를 골라 그린 캡슐에 넣고 어렴풋한 기억과 틈틈이 썼던 일기, 부모님이 남긴 영상과 사진을 하나하나 주입했다. 압축률 제로. 엘리는 L이 늙어가는 속도에 맞춰 무럭무럭 성장했다.

물리학자인 아버지와 무용가 어머니의 넘치는 사랑, 그 찰랑이는 행복에는 늘 막연한 불안이 따라다녔다. '난 머지않아 버려질 거야. 사랑에 보답하지 못하면, 당당하게 인정받지 못하면.' 하지만 엘리에겐 아버지 같은 명석한 두뇌도 어머니 같은 예술적 재능도 없었다. 신이 그녀에게 부여한 건, 두 분 모두 그리 높은 가중치를 두지 않는 외모뿐이었다.

그렇게 17년의 시간이 흐른 어느 날, 엘리는 길거리 캐스팅으로 파격적인 광고 모델 제의를 받았다. 딱히 끌리진 않았고 부모님도 허락하지 않을 게 뻔했다. 그런데 반대 의사를 에둘러 표현하느라 애쓰는 선량한 부모님의 모습을 본 그녀는 짐짓 고집을 부렸다. 이 기회에 미래의 알리바이를 챙겨 두고 싶었던 것이다. 나에겐 두 분과 다른 종류의 재능이 있었으나 당신들의 뜻에 따라 포기했다는, 내가 사랑에 보답하지 못한 건 내 탓이 아니라는…… 그게 엘리에게 L이 주입한 마지막 기억이었다.

시네마 플래닛에 리얼 아바타로 접속한 L은 막 캡슐에서 나온 열일곱 살의 엘리에게 단 하나의 디렉팅을 줬다.

"시나리오는 없어. 넌 그냥 즉흥연기를 하면 돼. 필요한 세트는 그때그때 만들어줄 테니 자유롭게 네 길을 가렴. 참고로 네가 선택할 수도 있는 한 가지 길은 이런 거야."

L은 자신의 지나온 삶을 들려주었다. 센세이션을 불러일으킨 연예계 데뷔부터 라이프 디자이너로 노년을 맞은 지금까지의 일을 가감 없이, 쭉. 차분히 이야기를 경청한 엘리가 물었다.

"어땠나요, 그 길은?"

L은 덤덤하게 대답했다.

"그냥 그랬어."

L은 엘리를 실시간 성장으로 설정해놓고 24시간을 캡처했다. 퇴근 후 와인을 홀짝이며 대형 스크린을 통해 엘리의 일상을 훑어보는 게 L의 일상이었다.

엘리는 결국 부모님의 뜻에 따르는 척 모델 제의를 거절하고 평범한 듯 평범하지 않은 여고생으로 지냈다. 공부에는 별반 관심이 없고, B급 감성의 병맛 영화를 좋아하고, 초밥이나 해초샐러드 같은 해산물 요리를 즐기고, 자물쇠 다이어리에 장문의 시를 끄적이고, 미니어처 공방에 다니고, 비 오는 날에는 현악기 연주곡을 틀어놓고, 조용히 자기 세계에 침잠하는 남자에게 끌리고, 한밤중에 몰래 담배를 피우고, 강아지를 좋아하지만 키울 생각은 없고…… L은 내내 어정쩡한 미소를 머금은 채 엘리를 지켜보았다.

시간이 흘러 엘리는 스무 살 생일을 맞았다. L은 3년 만에 시네마 플래닛에 접속해 빨간 장미 스무 송이를 들고 그녀를 방문했다. 혹여나 영향을 줄 수 있는 전임자의 성년 선물은 생략하기로 했다. 차나 한잔 마시며 축하 인사를 건네고 돌아올 생각이었다. 엘리가 사라지지 않았다면.

세트를 샅샅이 뒤졌지만 그녀의 모습은 보이지 않았다. 대신 책가방으로 썼던 보라색 백팩과 옷가지 몇 벌이 없어진 걸 확인했다. 선량한 부모는 어깨만 으쓱일 뿐 아는 바가 없었다. L이 명령어를 입력해 호출해도 반응이 없었고 캡처는 전날 자정부터 중지된 상태였다. 사용자 계정으로 접속하지 않는 이상 불가능한 일이었다. 설마…… 사용자 계정의 패스워드는 'SKFKDDL', 영문 자판으로 친 '나랑이'였다. 모델 출연료로 샀던 갈색 프렌치 푸들. 엘리는 가져보지 못했던, 자신이 그녀에게 들려준 이야기 속에만 등장했던.

며칠을 기다려도 엘리는 돌아오지 않았다. L은 실의에 빠졌다. 그토록 정성을 다해 키웠건만 말 한마디 없이 떠나다니. 자신의 기억으로 채워진 존재를 이해할 수 없었다. 그런 존재에게 버림받은 자신의 심정 역시 헤아리기 힘들었다. 슬픔인지 배신감인지 통쾌함인지. 가장 밑바닥에 가라앉아 있는 건 역시 궁금증이었다. 엘리는 어디로 갔을까? 왜 사라졌을까?

비밀은 해가 바뀐 뒤에야 밝혀졌다. 작업을 끝낸 영화를 모니터링하던 중 L의 입에서 "아!" 탄성이 터져 나왔다. 주인공 커플이 놀이공원에서 다투는 장면, 후경의 기념품 판매점에서 미키마우스 머리띠를 하고 '피스!' 손 모양을 흔드는 알바생은 분명 엘리였다. 단역 담당 라이프 디자이너에게 문의하니 자신은 그런 알바생을 만든 기억이 없다고 했다.

L은 최근 개봉한 영화들을 꼼꼼히 살펴보았다. 양손에 과자 봉지를 들고 영양 성분 표시를 비교하는 편의점 손님으로, 해변 파라솔 아래서 『비극의 탄생』을 읽는 피서객으로, 레인 중간에 멈춰 서서 하이 엘보 스트로크 동작을 연습하는 수영장 회원으로, 진짜 좀비들의 눈총을 받으며 열심히 팔다리를 꺾는 가짜 좀비로…… 엘리는 시네마 플래닛을 유목민처럼 누비고 다니며 곳곳에 얼굴을 내밀었다.

시간은 계속 흘러갔다. L은 현실에서 나이를 먹어갔고 엘리는 시네마 플래닛에서 나이를 먹어갔다. 이젠 유아차를 미는 새댁이나 가운을 걸친 의사 역할도 제법 어울렸다. 일탈 아닌 일탈을 선보이는 긴장감 넘치는 엑스트라. 아무도 주목하지 않는 새로운 인생 속으로 그녀는 언제나 최선을 다해 뛰어들었다. 천생 배우처럼. 와인 잔을 들고 그런 엘리를 오묘하게 어색한 표정으로 바라보는 L. 입가의 꿈틀거리는 잔주름이 그녀의 불투명한 표정을 더욱 모호하게 만들었다.

결말을 장식하는 내레이션이 하나쯤 나오지 않을까 기대했는데, 영화는 소파에 앉은 L의 뒷모습과 결혼식 사진 촬영신에 하객으로 등장한(신랑 신부의 뒷자리를 기어코 파고들어 활짝 웃는) 스크린 속의 엘리를 함께 비추다가 페이드아웃으로 끝났다.

뒤풀이 자리는 영화사 건물 옥상에 마련되었다. 참석 인원에 비해 과하게 푸짐한 술과 음식이 차려졌고 까만 조끼를 입은 서빙 스태프들이 품위 있게 테이블 사이를 오갔다. 필자는 기회를 엿보다가 옥상 구석에서 시가에 불을 붙이는 화약고 대표에게 다가갔다. 조용히 확인하고 싶은 게 있었다.

"뒷감당할 자신 없으면 말 잘해야 할 겁니다. 한 스타, 당장 칸으로 날아갈 기세던데."

"입봉작으로는 나쁘지 않은데요. 특히 엘리 캐릭터는 볼수록 빠져드는 매력이 있는 게, 요즘 나오는 아티액터들과는 결이 다른 것 같아요."

"다르겠죠. 17년을 겹겹이 쌓아 키웠으니까."

"영화에 나온 압축률 제로가 실화였습니까?"

"휴먼 트리에 다닐 때 재미 삼아 시작했대요. 어릴 적 기억을 하나하나 더듬어 주입하면서. 허 기자 덕분에 용기를 얻었다던데."

"예? 저요? 아, 그 이스터 에그……"

"영화로 만들어보라고 쑤석거릴 땐 시큰둥하더니, 갑자기 낼모레 제삿날 받아놓은 사람처럼 어찌나 볶아치던지. 우리 전부 꼼짝없이 엮여서 강제 노역에 제작비까지 십시일반 뜯겼다니까요, 허허."

"그렇군요. 라스트신의 한수현 씨 실물 영상은 어떻게 합성하신 겁니까? 지금은 그런 장비가 없을 텐데."

노신사의 알딸딸한 얼굴에 당황하는 빛이 스쳤다. 다 알고 있다는 느긋한 표정으로 기다리자 대표는 순순히 털어놓았다.

"티가 나던가요?"

"아뇨, 감쪽같던데요."

"다행이네. 그 한 장면 때문에 아주 생쇼를 했어요. 영화박물관에서 골동품 카메라를 빌려 어거지로 찍기는 했는데,

이걸 플랫폼 영상에 합성할 수 있는 사람이 있나. 실버타운에 처박혀 오늘내일하는 CG 기술자를 거의 납치하다시피 데려와 작업을 맡겼다니까. 고작 한 신인데, 마지막의 할머니 역할만은 부득부득 직접 하겠다잖아요. 하여튼 쇠고집 하나는 알아줘야 해."

역시 예상대로였다. 합성은 감쪽같았지만 라스트신의 L을 보는 순간 미묘한 이질감이 혹 끼쳤다. 낯선 익숙함이랄까, 익숙한 낯섦이랄까. 그녀의 연기력엔 연륜이나 관록 따위 끼어들 여지가 없었다. 필자의 뇌리에 박혀 있는, 오래전의 그 도도하게 인간적인 연기 그대로였다.

"허 기자, 별 몇 개?"
알근하게 술이 오른 한수현 씨가 와인 잔을 들고 다가왔다.
"세 개 반 드리겠습니다."
"어우, 짜다."
저널리즘적 양심을 저버린 후한 평가였다. 영화에 두 개 반, 17년 뚝심에 반 개, 듬성듬성 이어진 인연으로 반 개 추가.
"아티액터들 연기가 인상적이네요. 특히 결말에 나오는 L의 내면 연기는 압권인데요. 표정 하나로 묵직하면서도 섬세한 울림이 전해져요."

"그래요? 난 어째 좀 어색해 보이던데."

"아, 천만에요. 아티네마 이후 제가 본 최고의 명장면이에요. 정말 살아 있는 게 아닌가 착각할 정도로."

한수현 씨는 고개를 숙이고 흐뭇한 미소를 지었다. 우리는 잔을 부딪친 후 넉넉히 따른 붉은 와인을 단번에 들이켰다.

만일 누군가의 전 생애를 빈틈없이 주입할 수 있다면, 그렇게 태어난 아티액터는 바로 그 누군가가 될까? 아니라고 하면 그 차이는 어디서 오는 걸까? 그게 우리를 어디로 인도할까? 모르겠다. 앞으로도 쭉 모르고 싶다. 그런 수수께끼마저 남지 않는다면 영화라는 모험은 존재할 이유가 없을 테니까.

한수현 씨에게 건넨 찬사는 빈말이 아니었다. 어떤 감정도 읽을 수 없는, 모든 감정이 담긴, 반세기에 걸쳐 다듬어진 그 '오묘하게 어색한' 표정은 단연 최고의 메소드 연기였다. 정당하게 잃어버린 시간을 도대체 다른 어떤 표정으로 돌아볼 수 있겠나. 마지막 페이드아웃과 함께 어디선가 카랑카랑한 목소리가 울리는 듯했다. 실그러져 올라간 입술 끝에 팬 보조개에 약간의 짜증과 약간의 빈정거림과 약간의 거드름과 약간의 긍지를 담아 내뱉는 한마디.

"그래서 나보고 뭘 어쩌라고요?"

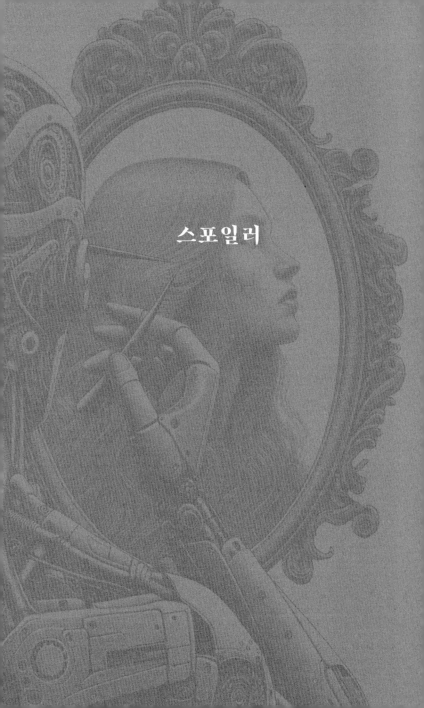
스포일러

"널 만난 게 정말 인생 최대의 실수다."

한규는 멈칫했지만 말은 이미 입 밖으로 튀어나온 후였다. 그동안 숱하게 싸우면서도 함께한 시간을 후회하는 말만은 삼가려고 노력했다. 서로의 존재 자체를 부정하지는 말자는 암묵적 금기. 오늘은 그 최종 바리케이드마저 돌파하고 말았다. 나중에는 또 '누가 더 심한 말을 했는가'로 꼬투리 잡을 게 뻔한데, 두고두고 써먹을 꽃놀이패를 안겨줬다는 생각에 짜증이 두 배로 치밀었다. 다행히 근영이 곧장 균형을 맞추어주었다.

"나야말로 후회막심이다. 산탄지 사탄인지 고양이 새끼 한 마리 때문에 10년을 허비하다니. 내가 미쳤지, 미쳤어."

후련하게 쏟아낸 근영은 가슴 한구석이 아려와 얼굴을 찡그렸다. 후련함도 아림도 자신이 뱉은 가시투성이 말이 진심이라는 자각에서 왔다. 적어도 지금 이 순간만큼은.

근영은 스물한 살의 크리스마스이브를 떠올렸다. 휑한 기숙사에 혼자 누워 있던 밤, 창밖으로 내리던 탐스러운 눈송이를, 어디선가 들려온 가녀린 새끼 고양이 울음소리를, 참치 캔을 들고 울음소리를 찾아갈 때 입에서 나오던 하얀 입김을, 흩어지는 입김을 비추던 뽀얀 달빛을, 맞은편 남자 기숙사 쪽에서 터벅터벅 다가오던 길쭉한 그림자를, 그의 손에 들린 참치 캔을…… 둘은 최고의 크리스마스 선물을 준 아기 길고양이에게 '산타'라는 이름을 붙여주었다. 그 낭만적인 추억을 이렇게 저주하는 날이 올 줄이야.

늘 그렇듯 이 창대한 싸움의 시작은 미약했다. 야근을 마치고 돌아온 한규는 식탁 위에 널브러져 있는 사과 껍질과 과도를 보고 한숨을 내쉬었다. 텔레비전 소리에 묻히지 않도록 충분히 크게.

— 먹은 건 바로바로 좀 치우지.

답답한 팀장과 되바라진 신입 사원 사이에서 종일 치이다 온 근영도 심기가 편치 않은 상태였다. 그 불편한 심기는 소파에서 벌떡 일어나 사과 껍질과 과도를 개수대에 처박는 거친 손길로 고스란히 드러났다.

　—자기가 먹은 거 자기가 치우자는 말이 그렇게 기분 나빠?

　—뭐가, 치우래서 치웠잖아.

　—맨날 주방에서 냄새 난다고 툴툴거리면서, 이러니까 냄새가 나지.

　—아, 잔소리 좀 그만해. 왜 자꾸 좀팽이 영감이 돼가?

　—한 번이라도 귀담아들으면 잔소리가 아니지. 사람 말을 귓등으로 흘리고 똑같은 불편을 반복하니까 잔소리가 되는 거지.

　—됐어! 그러는 넌 뭘 얼마나……

　둘 다 사과 껍질이 문제가 아니라는 건 알고 있었다. 무심코 엉덩이를 긁다가 곪을 대로 곪은 종기를 건드렸을 뿐.

"하다 하다 이젠 고양이 탓이야? 맨날 미쳤다고 하지 말고 제정신으로 좀 살아봐."

　한규는 도돌이표처럼 되풀이되는 유치한 언쟁이 지긋지긋했다. 자신이 그 유치함의 한 축을 담당하고 있다는 사실이 싫었고, 이 도돌이표가 죽을 때까지 앞을 막아설지 모른다는 예감이 두려웠다. 어쩌다 여기까지 왔나.

　7년의 연애 기간 동안에도 종종 다투기는 했었다. 약속 시간 좀 지켜라, 친구들 술자리만 가면 연락 두절이다, 왜 그 여자(그 남자) 얘기만 나오면 싸고도냐, 미안해, 뭐가 미안한데…… 이런 자잘한 돌부리들은 사랑의 포신을 앞세우고 전진하는 캐터필러 앞에서 아무런 문제가 되지 않았다. 냉전 끝에 화해주에 취해 자취방 싱글 침대로 뛰어들면 야만과 낭만이 뒤엉긴, 평소보다 훨씬 짜릿한 섹스가 보상으로 주어졌다.

"그만 끝내자, 끝내! 이깟 일로 평생 들볶일 생각하니까 정말 끔찍하다."

근영은 달궈지는 눈물샘을 틀어막느라 눈에 잔뜩 힘을 주고 소리쳤다. 더 이상 효과도 없는 눈물로 약한 모습을 보이고 싶지 않았다. 사무실에서 꾹꾹 눌러 참은 걸 결국 집에 와서 터뜨리는구나.

연애가 판타지라면 결혼은 현장 르포다, 데이트 끝나고 각자 집으로 돌아갈 때가 행복한 거다, 해도 후회 안 해도 후회인데 앞쪽 후회가 훨씬 치명적이다. 기혼자들의 판에 박힌 충고가 결혼 3년 만에 절절한 인생 잠언이 될 줄은 몰랐다. 사랑만 있으면 다 된다고 믿었던 나이브한 시절이 그리웠다. 지금도 그렇게 믿기는 하지만, 사랑은 태양열 같은 재생에너지가 아니라 점차 고갈되는 화석연료였다. 매장량이 줄어들수록 상대의 단점은 부각되고 그걸 참아낼 인내심은 부족해졌다.

언제까지 이렇게 쪼잔한 감정싸움에 에너지를 낭비해야 하나. 난 아직 하고 싶은 게 많고, 가보고 싶은 곳도 많고, 사고 싶은 것도 먹고 싶은 것도 많은데……

"넌 항상 이런 식이지."

근영이 질색하는 '근의 공식' 말투는 어느새 한규의 입버릇으로 굳어졌다.

"무슨 식? 또 무슨 식!"

"뭐든 근본적으로 해결하려는 노력은 하지 않고 그때그때 땜질만 하다가 터뜨리잖아."

"그러는 넌? 너는 무슨 노력을 얼마나 했는데?"

'자동 받아치기' 역시 한규가 싫어한다는 이유로 더욱 날카롭게 벼려진 근영의 입버릇이었다.

"최소한 네 말에 귀는 기울였어. 소변 앉아서 싸라고 해서 바꾸고, 네가 간접조명 좋다고 해서 이 어두침침한 거실도 참아내고 있거든."

"대단하셔, 대단해. 앉아서 오줌 싸느라 수고했네. 이게 무슨 올림픽이야? 뭘 노력까지 해가면서 억지로 살아."

"그래, 직장도 툭하면 잘만 때려치우더니, 결혼도 사표 써버리면 그만이지? 너한텐 아무것도 아니지?"

"직장 얘길 왜 갖다 붙여. 능력 돼서 이직하는 게 뭐가 문젠데. 이젠 내가 하나부터 열까지 마음에 안 들지? 틈만 나면 비난하고 싶지?"

"비난은 네 전문이지. 이것도 내 탓, 저것도 내 탓. 어차피 앞뒤도 안 맞는 말, 예쁘게라도 하든가."

"유한규, 네가 정말 이런 인간인지 몰랐다. 변한 거야, 그동안 연기를 잘한 거야?"

"넌 제발 연기라도 해라. 사람이 어떻게 그렇게 한결같이 제멋대로냐."

"아, 진짜! 짜증 나, 지겨워, 짜증 나!"

"짜증 난다는 말 좀 그만해, 짜증 나니까! 아, 정말 뭐가 이 따위야."

Force stop! Force stop! Force stop!

눈앞에 붉은 글자가 점멸하며 화면이 멈췄다. 머리를 조이고 있던 헬멧이 부드러운 기계음과 함께 위로 올라갔다. 간호복 스타일의 연녹색 유니폼을 입은 스태프가 근영을 캡슐에서 일으켜주었다.

"어지러울 수 있으니 조심해서 내려오세요."

맞은편 캡슐에서 한규도 몸을 일으키고 있었다.

"벌써 시간이 다 됐나요?"

근영은 손끝으로 관자놀이를 문지르며 물었다. 스태프는 캡슐에 붙은 표시창을 확인했다.

"8분 남았는데, 활력징후 이상으로 강제 종료됐습니다. 혈압과 맥박이 정상 기준치 이상으로 치솟았네요."

로비에서 동의서를 작성하며 관련 항목을 본 것 같았다. '활력징후 이상으로 강제 종료될 경우 남은 시간에 대한 비용은 환불하지 않으며……'

한규는 스태프의 팔을 잡고 바닥에 발을 디디다가 휘청했다. 롤러코스터를 세 번쯤 연달아 탄 기분이었다. 근영은 캡슐에 앉은 채 손빗으로 머리를 매만지고 있었다. 한 시간 만에 훌쩍 해쓱해진 얼굴이었다.

"근영아, 괜찮아?"

"어, 응."

근영이 슬며시 눈길을 피하는 게 느껴졌다. 다가가서 부축해 주려 했지만 2미터도 안 되는 거리가 한없이 멀게 느껴졌다.

"저쪽 출구로 바로 나가시면 됩니다."

스태프는 들어온 입구가 아닌 반대편의 비상구를 가리켰다. 번잡한 로비를 거치지 않도록 동선을 짠 건 혈압이 치솟은 고객들을 위한 나름의 배려인 듯했다. 비용을 선불로 받는 이유도 알 것 같았다.

카페 통유리 너머로 조금 전 도망치듯 벗어난 '스포일러'의 간판이 보였다. 옷을 두툼하게 껴입은 사람들이 옹송그리며 그 밑을 지나갔다. 참 자신만만하고 도발적인 네이밍이라고 근영은 생각했다. 잘도 갖다 붙였네, 사람 싱숭생숭하게. 일기예보대로 하늘에서 눈발이 흩날리기 시작했다.

인간 게놈 데이터를 민간에서 상업적 용도로 활용할 수 있게 되면서부터 전국에 우후죽순으로 생겨난 게 DSR DNA Simulation Room 체인이었다. 유전병 치료제 개발이나 인간 진화의 비밀을 밝히는 숭고한 작업은 어디선가 누군가가 열심히 하고 있을 테고, 대부분 사람들의 관심사는 '그래서 나는……'에 집중되었다.

미래를 보고 싶습니까?
타임머신은 우리 안에 있다!
운명도 과학입니다.

유전자 샘플을 활용하는 VR 시뮬레이션이 사주, 신점, 타로, 관상, 손금, 별자리 운세를 대체하는 데는 그리 오랜 시간이 걸리지 않았다. 나에겐 어떤 직업이 어울릴지, 어떤 우환을 조심해야 하는지, 나를 도와줄 귀인은 누구인지에 대한 답을 두루뭉술한 샤머니즘이 아닌 자신의 게놈에서 구하기로 한 것이다. 그중 가장 인기가 높고 정확도도 담보되는 분야가 유전자 궁합이었다.

상대와 나의 타고난 기질이 평생(을 전제로) 한 공간에서 생활할 때 과연 어떤 상황이 펼쳐질까? 이 의문에 대한 답을 커플들은 동거보다 더 빠르고 편리한 방법으로 구할 수 있게 되었다. 유전자 분석 관련주들은 주가가 폭등한 반면, 가뜩이나 급감한 결혼율에 또 하나의 필터가 끼워지며 웨딩 관련 업체들은 울상을 지었다. 실제로 프러포즈 여부에 얼마나 반영되었는지는 알 수 없지만, 유전자 궁합이 대중화된 이후 이혼 사유 통계에서 '성격 차이'의 비중이 눈에 띄게 줄어든 건 사실이었다.

"웃겨. 우리가 고작 그런 걸로 게거품 물고 싸우는 사이가 된다고?"

한규는 일부러 픽픽거리며 말했다. 근영도 어색한 미소를 지으며 무게를 가늠하듯 머그잔을 들었다가 내려놓았다. 커피에서 희미하게 김이 올라왔다.

"그러게. 정말 믿기 힘들다."

"사과 껍질이야 아무나 치우면 그만이지. 진짜 어이가 없네."

"내 말이. 어떻게 이런 결과가…… 세 군데서 다 똑같이 나왔지?"

유전자 궁합으로 유명한 DSR 삼대장 중 처음 찾아간 곳은 비용이 가장 저렴한 '진미래'였다. 스위스 신혼여행부터 시작된 티격태격, 3년 차에 아들을 낳으며 잠잠해지는 듯했지만 육아 전쟁으로 재점화된 짜증과 신경전. 매일 빡세게 운동하며 근육을 키우는 '생활'을 가만히 놀고먹는 '사랑'이 당해낼 재간이 없었다.

첫번째 시뮬레이션이 남긴 불안감을 해소하기 위해 냉소적인 이름 때문에 기피했던 '어나더 웨이Another Way'를 방문했다. 로비에는 들판에 우뚝 선 느티나무 앞에서 두 갈래로 갈라진 오솔길의 사진이 걸려 있었다. 헬멧을 쓰자마자 또다시 반복되는 티격태격, 옥신각신, 때 이르게 찾아온 권태기, 55제곱미터 신혼 행복주택에서 소 닭 보듯 지내는 하루하루.

결국 DSR 순례는 가장 정확도가 높다는 '스포일러'까지 도달했다. 이곳은 유전적 요인과 환경적 요인을 함께 반영한다는 명목으로 세세한 신상 조사와 문항 수가 2백 개에 달하는 성격유형 검사가 추가되었다. 물론 비용도 가장 비쌌다.

"셋 다 똑같지는, 않았지."

"그래, 오늘은 강제 종료까지 당했으니……"

3 대 0, 이젠 더 이상 만회할 곳도 없었다.

"근영아, 설마 저걸 그대로 믿는 건 아니지?"

분자생물학 전공자인 한규야말로 유전자에 새겨진 개인의 성향이 일생을 좌우한다고 믿는 쪽이었다. 그렇기에 사랑만큼은 마지막까지 미지의 원시림으로 남겨두고 싶었다. 영화나 드라마에서처럼 극적인 로맨스를 기대하는 건 아니었다. 그저 극도로 이기적이고 목적 지향적인 유전자의 명령 체계에서 슬쩍 벗어난, 무용하기에 자유롭고 고결한 영역이 나의 한 부분을 지탱했으면 하는 바람.

결혼 얘기와 함께 딸려 나온 유전자 궁합을 한규가 내켜 하지 않은 건 그런 이유였다. 하지만 '재미 삼아'라는 단서를 달고 팔을 잡아끄는 근영에게 계속 원시림 보존을 내세워 정색하는 것도 우스웠다. 최악의 결과라고 해봤자 무난과 무료 사이일 거라는 확신도 한몫했고.

"말이 없네. 넌 시뮬레이션 결과에 따라 나 데리고 살지 말지 결정하려 했어?"

"그건 아닌데…… 자꾸 저렇게 나오니까 무시하기도 좀 그러네."

"무시해도 돼. 할머니 얘기 들어보면 옛날에도 다 그랬대. 궁합 안 좋다는데 결혼해서 잘만 살고, 찰떡궁합이라는데 죽자 사자 싸우다 이혼하고."

"이게 그거랑 같니."

"다를 건 또 뭐야. 사주나 마찬가지로 유전자 시뮬레이션도 하나의 가능성일 뿐이야."

"가장 확률이 높은 가능성이지."

한규는 머그잔을 들어 올리다가 다시 내려놓았다. 참 나, '촉근영'이 언제부터 확률 따져가며 살았다고.

"확률은 우리 노력에 따라 얼마든지 바뀌는 거야. 유전자가 정해놓은 대로 사는 거면 인생이 무슨 재미가 있겠어."

"노력까지 해가면서 억지로 맞춰 사는 게 맞는 걸까? 이게 무슨……"

근영은 약지에 낀 티타늄 커플링을 돌리며 입술을 지그시 깨물었다. 무심코 '올림픽도 아니고'를 덧붙일 뻔했다. 그 침묵의 소리를 들은 한규는 코로 한숨을 내쉬며 자세를 고쳐 앉았다.

"물론 살다 보면 아옹다옹할 일도 있겠지. 누굴 만난들 안 그러겠어. 유전자 똑같은 쌍둥이끼리도 치고받고 싸우는데. 억지로 맞추자는 게 아니라, 우린 그런 갈등을 현명하게 헤쳐 나갈 수 있다는 거야. 지난 7년 동안 그랬던 것처럼. 저 안마 의자처럼 생긴 기계가 잠깐 보여준 짝퉁 미래 때문에 우리 추억을 다 내던질 거야?"

"아니야, 그런 건."

스물한 살에 시작돼 스물여덟까지 꾸려온 첫사랑이었다. 기계의 점괘에 홀려 내던지기엔 너무나 소중한. 그럼에도 근영이 흔들리는 건, 기계의 기계적인 점괘가 가장 정답에 가깝게 보였기 때문이다. 결혼을 생각하면서부터 그녀의 심장에 박힌 조그맣고 딱딱한 씨앗 하나. 애써 무시했던 그 정체불명의 씨앗이 뿌리를 내리고 무럭무럭 자라난 모습을 엿본 기분이었다. 오근영 씨가, 분석을 의뢰하신, 씨앗은, 가시덩굴입니다.

생각해보면 식성도 드라마 취향도 술버릇이며 정치 성향도 상반되는 부분이 많았다. 덕분에 서로 반대편 세계를 여행하는 통로가 돼주었고, 굽이마다 새로이 발굴되는 매력을 땔감 삼아 연애가 지속되었다. 결혼 생활도 그럴 거라 생각했다. 서로의 부족하고 남는 부분이 톱니바퀴처럼 자연스럽게 맞물려 돌아갈 거라고. 하지만 요철이 어긋난 톱니바퀴가 마찰음을 내지르며 멈춰버린다면…… 한규의 저 차분한 저음이 나를 따박따박 써는 칼날이 되는 날이 정말 오는 걸까?

"그래, 액땜한 셈 치고 잊어버리자. 어차피 재미 삼아 한 거잖아."

막연한 책임감으로 방화벽을 치고 있지만 한규 역시 3연타를 맞고 흔들리기는 마찬가지였다. 우리는 운 좋게 천생연분을 한 큐에 만난 걸까, 어련무던한 성격 탓에 상대의 틀에 나를 끼워 맞추고 있는 걸까? 은밀히 비교해볼 전임자가 없다는 게 우리를 자유롭게 만들어주는가 옭아매는가? 헤어지기 전까진 알 수 없는 의문들이 가슴을 어지럽혔다. 만일 저 시뮬레이션이 우리가 열 추적 미사일처럼 필연적으로 도달하게 될 미래라면…… 근영의 저 애교스러운 혀 짧은 소리가 고막을 긁는 송곳이 되는 날이 정말 오는 걸까?

"그렇긴 한데…… 모르겠다. 우리 사촌 언니도 유전자 궁합 무시하고 결혼했다가 결국 갈라섰잖아. 거기서 나왔던 대로 형부가 바람피워서."

"피아노 학원 한다는 사촌 언니?"

"응."

"무슨 소리야, 그 언닌 알콩달콩 잘 사는 걸로 나왔었다며. 그런데 이혼한 거 보니까 믿을 게 못 된다고 그랬잖아."

"그땐 제대로 말 안 한 거야."

"제대로 말 안 한 게 아니라 거짓말한 거지. 왜?"

"왜는, 네가 하도 안 가려고 하니까 설득하느라 그랬지."

"허."

한규는 고개를 가로저었다.

"너는 꼭 이런 식이더라."

"뭐가?"

"근본적인 해결책을 찾으려 노력하지 않고 그때그때 땜질만……"

한규가 뒷말을 삼키는 바람에 근영의 콧방귀가 도드라져

들렸다. 유전자가 보여준 미래가 성큼성큼 다가오고 있었다.

"미안해."

"괜찮아."

"근영아, 아무튼 우리……"

"일단 우리, 시간을 좀 갖고 생각해보자."

근영은 창밖으로 고개를 돌렸다. 한규도 따라서 고개를 돌렸다. 한결 굵어진 눈발이 거리를 하얗게 내리덮고 있었다. 코트 깃을 세운 백발노인이 길 건너편의 스, 포, 일, 러, 글자를 하나씩 가리며 천천히 창밖을 지나갔다. 그의 발자국이 내리는 눈에 지워지는 모습을 바라보다가 한규는 노인과 눈이 마주쳤다. 노인이 슬쩍 웃어 보였다.

근영과 한규가 동시에 머그잔을 들어 커피를 마셨다.

"커피 다 식었네."

§　§　§

한규와 헤어지고 맞은 첫번째 크리스마스를 근영은 병원에서 보냈다. 지나가던 차가 튀긴 흙탕물을 피하려다가 눈길에 미끄러져 왼쪽 발목 인대를 다쳤다. 항상 차도 쪽에서 걷던 한규가 옆에 있었더라면…… 근영은 세탁소 옷걸이로 깁스 안쪽을 긁으며 생각했다.

'내가 없는 미래가 행복하길 바랄게. 안녕.'

술기운 풍기는 마지막 문자메시지를 받은 게 벌써 4개월 전, 한규의 SNS를 기웃거리는 발길이 차츰 뜸해졌다. 한규도 마찬가지일까? 한참 고민하던 근영은 침상 안전바에 걸쳐놓고 찍은 깁스 사진을 SNS에 올렸다. 눈물을 글썽이며 웃는 이모지와 함께.

'아, 정말 최악의 크리스마스네요.'

한규는 한동안 일에 파묻혀 지냈다. 근영의 소식이 건너올 수 있는 친구들까지 멀리하다 보니 더욱 많은 일거리가 필요했다. 때마침 스마트 푸드를 연구하는 그의 스타트업이 대규모 에인절 투자를 받아 일이라면 차고 넘쳤다. 지칠 줄 모르는 열정과 성실성에 감명한 상사들이 소개팅을 주선했으나 한규는 정중히 거절했다.

어느 날 한밤중에 집에 돌아온 한규는 식탁 위에 널브러져 있는 사과 껍질과 과도를 발견하고 힘없이 웃었다.

'하이고, 그렇게 잔소리를 해대더니, 그러는 넌? 이러니까 주방에서 냄새가……'

기회를 잡은 근영이 혀 짧은 소리로 속사포처럼 쏘아붙였다. 환청임을 알면서도 반격할 말을 찾지 못해 약이 올랐다. 껍질은 왜 깎은 거야? 맨날 그냥 먹다가. 사과 껍질을 음식물

쓰레기통에 집어넣던 한규는 오늘이 근영의 서른번째 생일이라는 게 떠올랐다.

"저희가 개발한 비건 스테이크의 가장 큰 특징은 부패하지 않는다는 겁니다. 실온에서 최장 5년까지 신선함을 유지할 수 있는 비결은 바로……"

주방 식탁에 앉아 청첩장 문구를 검색하던 근영은 텔레비전을 향해 고개를 돌렸다. 뉴스에서는 스마트 푸드를 개발하는 스타트업 관계자의 인터뷰가 나오고 있었다. '눌 푸드테크 CPO 유한규.' 근영의 입가에 슬며시 미소가 번졌다. 6년 만에 보는 얼굴이었다. 살이 꽤 붙었네. 피부는 왜 저리 부석부석해. 삼십대 중반인데, 관리 좀 하지.

주말에 그녀는 변리사인 예비 신랑과 스포일러 예약을 잡아놓았다. 결과에 대해서는 신경 쓰지 않기로 서로가 다짐을 놓았다. 꼭 하고 싶은 건 아니었지만 어쩐지 거쳐야 할 절차인 것 같았다. 한규에 대한 마지막 의리랄까.

결혼을 앞두고 유전자 궁합 얘기가 나왔을 때 한규는 완곡하게 거부 의사를 내비쳤다. 예비 신부는 더 이상 고집 부리지 않고 고개를 끄덕였다.

"그래요. 두 사람이 합의가 돼야 하는 부분이니까."

각종 인허가 업무로 종종 얼굴을 맞대야 했던 식약처 공무원이었다. 털털한 성격과 깔끔한 일 처리의 부조화가 마음에 들었다. 이 사람과 함께라면 무난하게 헤쳐나갈 수 있지 않을까? 더도 덜도 말고 남들 사는 만큼만. 서른아홉 살에 찾는 결혼 상대는 파토스의 깊이보다 에토스의 너비에 가중치를 두기 마련이었다. 살면서 미처 발견하지 못했던 매력을 서로 찾아가는 것도 재미있겠지.

결혼식 전날 밤, 한규는 꿈속에서 백발노인이 되어 함박눈 내리는 거리를 거닐었다. 코트 깃을 세우고 카페 앞을 지나는데 통유리 안쪽에 앉은 젊은 남자와 눈이 마주쳤다. 창에 부옇게 서리가 끼어 맞은편에 앉은 여자는 잘 보이지 않았다. 한규는 젊은 남자에게 슬쩍 웃어 보이고 가던 길을 계속 갔다.

"으흐허."

하복부에 걸려 있던 덩어리가 미끄덩 빠져나가는 순간 근영은 해방감에 괴상한 탄식을 흘렸다. 드디어 끝났구나. 열두 시간의 진통, 아홉 달의 한몸살이, 그보다 훨씬 더 긴, 유전자로서 한 세대의 임무를 다했다는 원초적 상실감이 뒤를 이었다. 하지만 눈도 뜨지 못한 주름투성이 생명체가 꼬물거리며 그녀의 가슴을 파고들자 그런 추상적인 감상은 금세 자취를 감추었다.

이런 거였구나. 근영은 앞서 출산한 친구들의 호들갑을 십분 이해할 수 있었다. 신비라는 말로 뭉뚱그릴 수밖에 없는 포옹. 해방감 대신 책임감이, 상실감 대신 벅찬 환희가 그녀의 가슴을 부듯하게 채웠다.

"고생했어. 고생했어."

남편도 옆에서 눈물이 그렁그렁한 눈으로 되뇌었다. 고생이라니, 우리 아기 듣겠어.

신호 대기 중에 한규는 액세서리 가판대를 구경하고 있는 모녀의 뒷모습을 우두커니 바라보았다. 장바구니를 어깨에 멘 엄마와 머리를 곱게 땋은 딸아이는 연신 뭐라고 속닥이며 머리핀을 고르고 있었다.

결혼 4년 차가 되도록 한규 부부는 아이가 생기지 않았다. 자녀 계획이 '생기면 낳지'에서 '그래도 하나쯤은'으로 이동하고 보니 어느덧 시간에 쫓기는 나이였다. 병원에서는 양쪽 모두 문제가 없다는데…… 아이가 가판에서 반짝이는 머리핀 하나를 들어 올렸다. 쨍, 반사된 햇빛이 한규의 눈을 찔렀다. 근영인 어떻게 살고 있을까? 까맣게 잊고 지내던 이름이 불현듯 떠올랐다. 결혼은 했나? 저렇게 아이 엄마가 됐을까? 그렇다 해도 전혀 이상할 게 없건만, 어쩐지 쉽게 상상이 되지 않는 광경이었다.

"빵!"

뒤에서 경적이 울렸다. 한규는 서둘러 브레이크에서 발을
떼고 차를 출발시켰다.

"왜, 엄마 돈 없어? 관둬, 그럼."

머리핀을 가판대에 팽개치고 혼자 내빼는 딸아이의 어깃
장에 근영은 기가 찼다. 엄마를 열받게 하는 포인트를 갈수
록 잘도 짚어냈다. 근영은 가판 주인에게 급하게 사과하고
딸아이를 쫓아가 팔을 낚아챘다. 장바구니를 메고 10여 미터
뛰었을 뿐인데 숨이 가빴다.

"어디서 배운 버릇이야. 너 자꾸 이러면……"

당장 혼꾸멍을 내주고 싶었지만 거리에 보는 눈이 너무 많
았다. 손을 꽉 움켜쥐고 발걸음을 빨리하는 것으로 화난 엄
마를 표현하는 수밖에 없었다. 그래봤자 잠깐 기죽은 딸로
응수하는 게 전부였지만.

종일 엄마에게 틱틱거리다가 저녁에 아빠만 오면 애굣덩
어리가 되는 딸아이. 집에 들어앉아 잔소리 담당이 된 엄마
에게 불만이 많은 건 알겠지만, 부녀가 달라붙어 콧소리를
주고받는 모습을 보고 있노라면 은근히 질투가 일었다. 유
전자가 제대로 안 섞였나, 왜 나를 닮은 구석은 하나도 없는

지…… 근영은 숨을 고르며 집 근처에 필라테스 학원을 알아
봐야겠다고 생각했다.

　"우리, 너무 안 맞잖아요."

　아내가 이혼 요구 사유로 꺼낸 말을 듣고 한규는 멍하니 벽
시계만 바라보았다. 그네를 탄 소녀가 시계추에 매달려 왔다
갔다 하는, 누군가 집들이 선물로 놓고 간 시계였다. 그랬나?
우리가 그렇게 안 맞았나? 스포일러에서 교훈을 얻은 덕분에
감정을 폭발시키며 다툰 기억은 없었다. 아내 또한 단어를
골라가며 적당히 오해만 푸는 선에선 멈추는 성격이었다. 각
자 할 말을 삼킨 채 사나흘 냉전에 돌입하는 게 전부였는데,
부부 싸움 중에 멱살까지 잡힌 친구 녀석은 쌍둥이 낳고 잘만
사는데, 뜬금없이 이혼이라니……

　마음 정리와 함께 서류 정리까지 끝내놓은 아내 덕분에 절
차는 일사천리로 진행되었다. 그녀다운 깔끔한 일 처리였다.
오랜만에 인허가 업무를 함께하네. 마지막 농담을 삼킨 채
한규는 가정법원 앞에서 발길을 돌렸다.

　절차만 매끄러웠을 뿐 이혼이 주는 정신적 스트레스는 상
당했다. 매사에 의욕이 떨어지고 밤엔 잠이 안 오고 그 결핍
의 공간을 술이 메웠다. 어쩐지 처음이 아닌 것 같아 열패감
은 두 배 이상이었다. 그런가? 나는 누구하고도 잘 안 맞는

사람인가?

　남편이 서른둘 먹은 클라이언트와 바람을 피웠다는 사실을 알았을 때, 근영은 자신의 인생이 중대한 기로에 섰음을 직감했다. 남편은 무릎을 꿇고 사죄했다. 죽을죄를 지었다고, 잠시 정신이 나갔었다고, 젊은 여자가 적극적으로 다가오는데 이게 뭔가 하는 호기심에 밀어내지를 못했다고, 당신 처분에 맡기겠다고, 한 번만 용서해준다면 남은 평생 가족을 위해 헌신하겠다고.

　진정성이 느껴지는 사죄였다. 흠잡을 데 없는 게 유일한 흠인. 17년 동안 건실한 남편이었다. 딸애는 막 고등학생이 되었다. 남편 수입만 믿고 경력을 단절시킨 지 오래였다. 들어보면 나만 겪는 일도 아닌데…… 결국 근영은 각서 두어 장을 받고 아파트 명의를 자신의 앞으로 돌리는 조건으로 결혼 생활을 유지하기로 했다.

　'미쳤어! 말도 안 돼. 내가 저런 선택을 한다고!'

　가슴 밑바닥 어디선가 이십대의 오근영이 비명을 질렀다. 시간이 자신을 약하게 만든 건지 강하게 만든 건지 분간이 되지 않았다.

　지천명 문턱을 넘어서자마자 한규는 심장 스텐트 시술을

받았다. 지하철역 계단을 오르다가 가슴에 쥐어짜는 듯한 통증을 두번째 느꼈을 때 병원을 찾았다.

"빨리 자알 왔어요. 이렇게 몸이 주는 신호를 무시해놓고는 나중에 돌연사다 뭐다 한다니까."

풍채 좋은 노의사는 일부러 다가와 어깨를 두드려주었다. 한규는 이번 기회에 몸에 밴 잘못된 습관을 갈아엎기로 했다. 규칙적으로 충분한 수면을 취하고 저염식에 녹황색 채소 위주의 식단, 전문 트레이너에게 PT를 받고 술자리는 한 달에 두 번으로 제한했다. 한강이 내려다보이는 근사한 주상복합 아파트에서 혼자 쓰러진 채 발견되고 싶지는 않았다.

생활에 변화를 주자 하루하루 뱃살이 빠지고 근육이 붙으며 몸놀림이 편해지는 걸 체감할 수 있었다. 다행히 너무 늦진 않았구나. 한규는 안도했다. 그런데 건강을 되찾는 것과 동시에 무언가 빠져나가는 것도 느껴졌다. 본능과 격정의 영토에서 대장질하던, 다시는 돌아오지 않을 무언가가.

뒤늦게 찾아온 갱년기를 근영은 꽤나 심하게 앓았다. 아무것도 아닌 일에 서럽게 눈물이 났고 그러다 돌아서면 욱하고 화가 치밀었고 입맛은 없는데 살만 쪘다. 은퇴 후 난데없이 애들 장난감 같은 드론에 빠져 지내는 남편이 꼴 보기 싫었고, 결혼해 뉴질랜드에 정착한 딸년은 야속했고, 아흔둘에

낮잠을 자다가 떠난 아버지의 죽음은 이해할 수 없는 비극이었다. 무엇보다 자신의 인생이 특별할 것 하나 없이 여기까지 흘러왔다는 점이 견딜 수 없이 서글펐다.

갱년기엔 다 그런 거라는, 누구나 이렁저렁 살아간다는, 평범함 속에 특별함이 있다는 따위의 두루뭉술한 조언은 도움이 되지 않았다. 특별함에 대한 서글픈 갈망마저 특별할 게 없다는 확인 사실일 뿐이니까.

딱 한 번만 다시 살아보고 싶다…… 근영은 시도 때도 없이 하늘을 올려다보며 생각했다. 지금의 삶을 기억하는 채로, 딱 한 번만 더.

예정대로 한규는 환갑 생일을 맞기 전 일선에서 물러났다. 초창기에 분배받은 회사 지분이 수백 배로 불어나 백수를 누리며 펑펑 써도 돈 걱정일랑 없었다. 조카 둘이 자식 없는 삼촌의 유산을 기대하는 눈치였지만 한규는 재산을 전액 사회에 환원하기로 일찌감치 마음을 정했다. 자신의 사후에 법적 분쟁이 생기지 않도록 조용히 유언 대용 신탁까지 마쳐놓은 상태였다. 살면서 축적된 잉여물이 유전자를 통해 옮겨지는 걸 그는 원치 않았다. 내 자식이 있어도 그랬을까?

한규는 백화점에 갔다가 문화센터의 샌드 아트 강습 안내를 보고 그 자리에서 등록했다. 예닐곱 살 무렵 동네 도서관 행사에서 공연을 봤던 기억이 떠올랐다. 산들거리는 손놀림을 따라 라이트 박스 위에 마법처럼 나타났다가 흩어지는 모래 그림들은 너무나 아름답고 애달팠다. 애달픈 게 뭔지나 알았나? 한규는 싱겁게 웃었다. 첫 강습을 시작하기도 전에 그리고 싶은 정경들이 머릿속을 가득 채웠다. 하지만 막상 하나씩 살펴보려니 모래 그림처럼 시나브로 흩어져버렸다.

어두운 상자에 갇히는 느낌이 싫어 젊을 때도 안 가던 영화관에 여든 넘어 취미를 붙일 줄이야. 근영은 키오스크 앞에서 돋보기를 쓰고 버튼을 하나하나 확인해가며 눌렀다. 이제는 영화 시작 전에 불이 꺼지는 순간이 가장 좋았다. 무덤 속 같은 암흑과 침묵, 곧이어 시작되는 새로운 세상. 그 잠깐의 희열에 중독되어 영화관을 찾는 것인지도 몰랐다. 물론 집을 나서 왔다 갔다 하다 보면 한나절 금방 보낼 수 있다는 이유도 컸다. 3년 전 남편을 먼저 떠나보낸 후부터였던 것 같다. 담배도 안 피운 양반이 왜 폐암으로 가누. 가로늦게 드론만 날리지 말고 속 좀 풀고 살든가……

오늘 고른 영화는 「어느 미술 교사의 일생」이었다. 젊은 시절 놓친 명작 중 한 편인데 우연히 영화 소개 프로그램에서 리메이크 소식을 접했다. 근영은 집에서 원작을 챙겨 보고 나설 생각이었으나 말랭이로 만들 단감을 손질하는 사이 시간이 훌쩍 지나 있었다. 그냥 가자. 모르고 봐야 재밌지.

영화가 참 시끌벅적하네. 한규는 자리에 앉아 혼잣말로 웅얼거렸다. 제목만 보고 잔잔한 드라마인가 했는데 로맨스와 코믹, 신파, 미스터리, 액션까지 뒤범벅된 뮤지컬 영화였다. 기대와는 달랐지만 하릴없이 휩쓸려 다니는 사이 기분은 한결 가뜬해졌다.

60년 지기 대학 동창의 장례식에 다녀오는 길이었다. 오래 앉아 있고 싶은 곳은 아닌지라 문상하고 육개장 국물만 휘젓다가 일어섰다. 썰렁한 집에 들어갈 마음이 들지 않아 거리를 배회하다 보니 영화관 앞이었다. 「어느 미술 교사의 일생」이라…… 왠지 낯익은 제목이었다. 예전에 비슷한 제목의 영화를 본 것 같은데. 아닌가? 보면 알겠지.

한규는 사람들이 다 퇴장하기를 기다렸다가 천천히 일어섰다. 평일 낮이라 영화관에는 사람이 많지 않았다. 로비에서 혼자 서성이는 자기 연배의 노인네는 눈에 띌 수밖에 없었다.

"어."
"아."
"혹시……"
"설마……"

72

'혹시'건 '설마'건 불필요한 군말이었다. 시간이 팽팽하던 얼굴에 꼼꼼히 주름을 잡고, 주름 사이에 검버섯을 심고, 머리를 허옇게 물들이고, 몸피를 쪼그라뜨리고, 눈꺼풀을 잡아 늘여 눈동자를 반 넘어 덮었지만, 둘은 마주치는 순간 서로를 알아보았다.

"오랜, 만이네……"

'요'를 붙여야 하나 고민하느라 한규의 말끝이 흐려졌다.

"그러게."

근영은 햇수를 헤아려 언급하려다가 우스꽝스러울 것 같아 그만두었다.

"잘, 지냈어?"

반세기의 안부를 묻기에는 '지냈어'보다 '살았어'가 어울리지 않을까, 한규는 생각했다.

"응. 그쪽은……"

"나도 뭐……"

근영과 한규는 멀뚱히 서서 서로의 얼굴만 들여다보았다. 게임존에서 흘러나오는 방정맞은 전자음이 둘 사이를 오갔다. 언젠가 한 번은 우연히 마주치지 않을까? 마주치면 무슨 얘기를 할까? 상상 속에서 시나리오를 써본 게 벌써 수십 년 전이었다. 퇴고하며 고쳐 쓴 대사가 수백 줄이었던 것 같은데 이젠 하나도 기억나지 않았다.

한규가 참지 못하고 피식 웃었다.

"많이 늙었네."

근영도 픽 웃었다.

"자기는."

가족과 건강에 대한 의례적인 대화가 오갔고, 통화 버튼을
누를 일은 없을 거라 예감하며 연락처를 주고받았다. 담담하
게 작별 인사를 나누고 엇갈리기 직전 근영이 물었다.

"어땠어, 영화는?"

"볼만하네, 그럭저럭."

볕이 좋은 가을날이었다. 노란 은행잎 하나가 팔랑팔랑 춤
을 추며 보도블록에 내려앉았다. 만두 가게 주인이 찜통 뚜
껑을 열자 하얀 증기가 쏟아져 나와 거리로 흩어졌다. 한규
는 지하철역으로 내려가는 엘리베이터 버튼을 누르고 고개
를 돌려 영화관 건물을 올려다보았다.

상영관에는 20여 명의 관객이 드문드문 앉아 있었다. 기억
하세요! 중고차 팔 땐…… 훌쩍 떠나고 싶은 마음이 훌쩍 사
라지셨나요? 무료 취소 가능한…… 60년을 한결같이 지켜온
맛. 변하지 않는…… 근영은 대형 스크린에 상영되는 광고를
멍하니 바라보았다. 잠시 후 불이 꺼졌다.

한규는 왼쪽 가슴을 짚으며 승강장 의자에 주저앉았다. 우악스러운 손아귀가 심장을 움켜쥐는 듯한 통증이 왔다. 열차가 굉음을 뿌리며 눈앞을 지나갔다. 머릿속이 하얗게 지워졌다. 코끝에 녹아드는 차가운 점, 뺨에 또 하나, 이마에도……눈…… 지하철역 승강장에 눈이라니. 어디선가 가녀린 고양이 울음소리가 들려왔다. 그 소리를 신호로 노쇠한 감각세포들이 온 힘을 쥐어짜 하나의 장면을 떠올리기 시작했다. 모든 순간이 생생히 되살아났다. 손에 쥔 참치 캔의 단단한 감촉이, 밤하늘에서 내려오는 탐스러운 눈송이가, 자작나무 가지마다 핀 눈꽃이, 눈꽃을 물들이는 노란 가로등 불빛이, 맞은편 여자 기숙사 쪽에서 타박타박 다가오는 아담한 그림자가, 그녀의 입에서 나오는 하얀 입김이, 흩어지는 입김을 비추는 뽀얀 달빛이……

……달빛에 흐트러진 덥수룩한 머리칼이, 가로등 아래서 서서히 커지는 그의 눈동자가, 발긋한 콧잔등에 내려앉는 눈송이가, 입에서 뭉클 빠져나오는 하얀 입김이, 입김 뒤의 서툰 미소가, 눈길에 나란히 찍힌 발자국이, 새끼 고양이 앞에 쪼그리고 앉아 나누던…… 근영은 메마른 입술에 스며드는 액체가 눈물이라는 걸 깨달았다. 영화 초반의 코믹 파트

라 관객들은 여기저기서 웃음을 터뜨렸다. 근영은 코를 훌쩍이지 않으려 눈물이 줄줄 흐르게 내버려두었다. 소리만 내지 않는다면 노망난 늙은이로 눈총 받는 일은 없을 터였다. 입술을 촉촉이 적시고 떨어져 불거진 손마디를 타고 흐르도록 눈물은 멈출 생각을 하지 않았다. 왜 그랬을까? 이렇게 생생하게 유전자에 각인된 낭만적인 순간을, 어쩌자고……

"애 이름을 '산타'라고 할까요?"

"산타? 그건 할아버지잖아요."

"산타 할아버지도 처음엔 이런 새끼, 아니, 아기였겠죠."

"크리스마스이브라서 산타예요?"

"그것도 그렇고, 우리한테 선물을 준 것 같아서……"

"무슨 선물?"

"봐요, 여기, 지금…… 아름답잖아요."

Force stop! Force stop! Force stop!

눈앞에 붉은 글자가 점멸하며 화면이 멈췄다. 머리를 조이고 있던 헬멧이 부드러운 기계음과 함께 위로 올라갔다. 간호복 스타일의 연녹색 유니폼을 입은 스태프가 한규를 캡슐에서 일으켜주었다.

"어지러울 수 있으니 조심해서 내려오세요."

§   §   §

카페 통유리 너머로 길 건너편 스포일러의 간판이 보였다. 옷을 두툼하게 껴입은 사람들이 옹송그리며 그 밑을 지나갔다. 하늘은 회색빛으로 잔뜩 흐렸지만 눈은 내리지 않았다.

오늘 체험한 'Life after……' 코스는 특정 선택 이후의 전 생애 시뮬레이션이었다. 기존 고객 반값 프로모션이 아니었다면 굳이 눈길을 두지 않았을 것이다.

"워낙 변수가 많기 때문에 궁합이나 직업 적합성만큼의 정확도는 기대하기 힘듭니다. 그냥 놀이기구 체험 정도로 여기세요."

미간 정중앙의 사마귀가 인상적인 담당 코디네이터는 목소리를 낮춰 귀띔했다. 하지만 놀이기구치고는 후유증이 너무 컸다. 근영도 한규도 실제로 80년 세월을 몰아 산 것처럼 몸이 천근만근이었다. 둘은 한동안 소파에 파묻혀 앉아 머그잔에서 올라오는 허연 김만 바라보았다.

"우리 이제 어떻게…… 해야겠지?"

근영이 무게를 가늠하듯 머그잔을 들었다가 내려놓았다.

한규는 헛기침으로 목을 다듬고 대답했다.

"그래야지. 이제 할 건 다 해봤고……"

"사후 체험이 나오지 않는 이상."

"나올지도 모르지. 기존 고객 반의반값으로."

하나의 선택을 위한 네 번의 시뮬레이션. 이 선택이 앞으로의 인생에 지대한 영향을 끼치리라는 건 서로가 잘 알고 있었다. 살면서 맞닥뜨릴 수많은 선택 중 하나일 뿐이라는 것도.

이게 마지막 박동인가, 아니네, 이번인가, 아직 한 번 더 남았나…… 조금 전 지하철역 승강장에서의 기억이 떠올라 한규는 저도 모르게 손으로 왼쪽 가슴을 짚었다. 스물여덟 살의 심장은 씩씩하게 뛰고 있었다.

이러다 영화가 끝나고 불이 켜졌을 때 바싹 마른 미라로 발견되는 게 아닐까…… 조금 전 휑한 상영관에서의 기억이 떠올라 근영은 손마디로 눈가를 훔쳤다. 손가락엔 아침에 정성껏 바른 마스카라만 묻어났다.

"어쩌면 지금 말이야……"

근영이 두 손으로 머그잔을 감싸며 입을 열었다.

"열세 살의 내가 그동안 모은 세뱃돈으로 스포일러를 찾아와 미래를 엿보고 있는 게 아닐까? 나는 어떤 짝을 만나게 되는지 궁금해서."

한규는 약지에 낀 티타늄 커플 링을 돌리며 싱겁게 웃었다.

"엄청 투덜대고 있겠네. 내가 저런 좀팽이 영감을 만난다니."

"길냥이에게 절대 밥을 주지 않겠다고 다짐하겠지."

"혈압 상승으로 강제 종료돼서 땡깡 부리고 있을 거야. 차액 환불해달라고."

"열세 살이라고."

"열세 살도 혈압은 있으니까."

한규는 창밖으로 고개를 돌렸다. 근영도 따라서 고개를 돌렸다. 우중충한 날씨 탓에 스포일러 간판이 멀찍이 물러나 보였다. 정오부터 함박눈이 예보돼 있었는데 오후 3시가 넘도록 눈은 내리지 않았다.

"시뮬레이션 결과를 종합해보면……"

한규가 머그잔을 들며 말했다.

"어느 쪽을 선택하건 우리 미래는 결정돼 있다는 거네."

"응? 어떻게?"

"과거를 후회하게 될 거라고."

근영은 큭 웃었다.

"그러게. 별로 새로울 것도 없네."

"마시자, 커피 식겠다."

애프터서비스

"드림캐처 점검 나왔습니다."

남자는 기다리는 동안 모자를 고쳐 쓰고 풀어놓았던 유니폼의 목 단추를 채웠다. 꽤 더운 날씨였다. 하절기 유니폼까지 검은색을 고수하는 경직성에 대해 투덜거리는 직원이 많았지만 남자는 불만이 없었다. '까마귀'라는 상서롭지 못한 별칭도 즐기는 편이라 아예 신발까지 검은색으로 맞췄다. 현관문을 열고 나오는 고객이 머리부터 발끝까지 시커먼 유니폼 앞에서 저도 모르게 움찔하는……

"들어오세요."

여자는 움찔하는 기색을 보이지 않았다. 애프터서비스 직원의 유니폼 따위 신경 쓰기엔 심히 피곤하다는 표정이었다. 남자는 슬립온 스니커즈를 현관에 가지런히 벗어두고 여자의 뒤를 따라 거실로 들어섰다. 둘둘 뭉쳐 나무젓가락을 찔러놓은 머리채가 금방이라도 흘러내릴 것처럼 출렁거렸다.

"집이 어지러워서……"

실내는 깔끔하게 정돈돼 있었다. 30분 전까지는 여자의 말처럼 어지럽지 않았을까, 남자는 생각했다. 하루에 살림집 20~30곳을 드나들다 보니 딱 둘러보면 느낌이 왔다. 물건들이 오랜 시간에 걸쳐 자연스럽게 제자리를 찾은 것인지 급하게 보이는 곳만 치운 것인지.

인터폰 옆에 대여섯 살 먹은 사내아이가 미끄럼틀 위쪽에 앉아 활짝 웃는 사진이 걸려 있었다. 아이답지 않은 그윽한 눈매와 얇은 입술이 여자를 쏙 빼닮았다. 인터폰 바로 옆에 사진을 걸어놓는 집은 흔치 않았다.

"문자를 받긴 했는데 제대로 안 봤어요. 기계에 이상이 생겼다는 건가요? 아이스커피 드릴까요, 오렌지주스 드시겠어요?"

남자는 첫번째 질문부터 답을 하려 했으나 여자가 대뜸 냉장고 문을 열어젖히기에 순서를 바꾸어야 했다.

"그냥 물 한 잔 주시면 됩니다. 냉수 말고 정수로 부탁드릴게요."

여자는 식기 건조대에서 맥주 글라스를 꺼내어 정수기 앞으로 갔다.

"드림캐처 이상 여부는 이제 살펴봐야죠. 규정상 일주일 이상 송전되지 않으면 점검 대상인데, 고객님의 경우는……"

남자는 태블릿 PC에서 고객 기본 정보를 확인했다. 그린 하이빌 507호, 한은별, 33세, D등급. 실제보다 너덧 살 많게 본 건 기미 때문인 듯했다.

"어제까지 9일째 송전 기록이 없네요."

"그래요? 왜 그러지?"

여자는 심드렁하게 대꾸하며 물이 담긴 글라스를 남자에게 건넸다. 맥주 회사의 로고 프린트가 흐릿하게 흔적만 남아 있었다.

"감사합니다."

손바닥에 닿는 유리 표면이 차가웠다. 남자는 물로 입술만 적시고 글라스를 식탁에 내려놓았다. 장이 예민한 편이라서 업무 중에는 냉수를 마시지 않았다. 작업차 방문한 집에서 화장실을 사용하는 건 피차 불편한 일이었다.

"제가 원래 발전량이 적다고 계속 D등급이에요. 전기세 때문에 등골이 휜다니까요."

"그래도 일주일 넘도록 송전 기준량에 미달하는 경우는 정상이 아니라서요. 혹시 그동안 꿈을 자각하신 적이 있나요?"

여자는 어깨를 으쓱했다.

"아뇨, 이젠 꿈이 뭔지도 가물가물해요."

그건 남자 역시 마찬가지였다. 드림캐처 사용이 의무화된 지 벌써 15년이 넘었다. 악몽, 길몽, 흉몽, 예지몽, 태몽, 자각몽, 몽중몽, 모두 사라진 단어였다. 동상이몽, 일장춘몽, 미몽, 호접몽, 비몽사몽 같은 2차 가공 단어들도 용도 폐기되었다. 몽씨 가문에서 살아남은 건 백일몽 정도였다.

"트랜스시버부터 체크해볼게요. 앞머리를 올려주시겠어요."

여자는 두 손으로 앞머리를 쓸어 올렸다. 남자는 장비 가방에서 체온계처럼 생긴 스캐너를 꺼내어 여자의 이마 앞에 가져갔다. 피부 아래 두개골에 박힌 마이크로칩이 희미하게 녹색 빛을 뿜었다. 남자는 버튼을 눌러 전기신호로 변환된 샘플 꿈을 방사했다. 삐익, 삑, 하는 신호음을 따라 여자의 눈썹이 치켜 올라가며 이마에 주름이 잡혔다.

"머리통이 폭발하는 거 아니죠?"

"그런 일은 없습니다."

"아직까지는."

"예."

여자에게서 풍기는 향수 냄새가 독특했다. 아쿠아 향 같은데 염도가 높고 어둑한 심해의 느낌이랄까. 남자는 긴다리해 파리가 되어 바닷속을 부유하는 꿈을 꾼다. 푸른빛을 내뿜는 투명한 갓을 쓰고 기다란 촉수로 물결에 맞춰 춤을 춘다. 하늘하늘, 덩실덩실, 데굴데굴, 뿔고둥 하나가 모래 바닥을 굴러 간다. 껍데기에 돋은 뿔로 모래를 찍으며 열심히 굴러간다. 갈라진 바닥의 시커먼 틈새로 떨어지는 뿔고둥. 잡아주려 투명한 촉수를 뻗다가, 아, 나는 독을 품고 있는데…… 소주. 여자의 아쿠아 향 아래 소주 냄새가 묻혀 있는 것 같았다.

"송수신 상태는 양호하네요. 트랜스시버를 다시 이식할 필요는 없습니다."

"다행이네요."

"드림캐처는 어디 있죠?"

여자는 남자를 침실로 안내했다. 싱글 침대 위의 시트와 차렵이불이 보란 듯이 흐트러져 있었다. 까마귀가 뜨면 사람들은 침대부터 정리하기 마련인데. 협탁에 세워진 아크릴 액자 속에서 그윽한 눈매의 사내아이가 하얀 몰티즈를 끌어안고 남자를 빤히 쳐다보았다. 집에는 아이의 흔적도 강아지의 흔적도 보이지 않았다.

남자는 침대 머리맡 벽에 설치된 드림캐처의 패널 나사를 풀었다. 골프공만 한 반구형 검은 덮개를 중심으로 방사상으로 뻗은 회로를 볼 때마다 남자는 거미가 떠올랐다. 거미줄의 진동을 숨죽여 기다리고 있는, 다리가 수십 개 달린 거미.

"여기에 충격이 가해진 적은 없나요? 잠결에 팔을 휘둘러 쳤다거나."

"없는 것 같은데…… 이런 첨단 장비가 그런 걸로 고장 나기도 하나요?"

"전자 제품은 다 거기서 거기예요."

남자는 멀티미터로 중앙의 D-컨버터와 연결된 부품을 하나하나 점검했다. 신비로운 기능에 비해 드림캐처의 내부 구조는 단순했다. 신비의 대부분이 애프터서비스 직원은 건드릴 수 없는 D-컨버터에 집중돼 있기 때문이다. 검은 반구형 덮개 아래에서 무슨 일이 벌어지는지 남자도 전혀 알지 못했다.

"이게 정말 사람 꿈을 에너지로 바꿔주는 건가요?"

팔짱을 끼고 서 있던 여자가 고개를 들이밀며 물었다. 확실히 소주 냄새였다.

"정확히 말하면, 꿈을 꿀 때 시상하부에서 발생하는 특수한 뇌파를 전기에너지로 변환시키는 거죠."

변환 과정에서 당사자는 꿈을 자각할 수 없게 되기 때문에, 결과적으로 꿈을 빼앗기는 대신 전기에너지를 얻는 셈이었다.

"신기하네요. 근데 인터넷에 보니까 다른 썰도 많던데."

드림캐처에 대해 떠도는 다양한 음모론을 일부러 찾아볼 필요는 없었다. 어차피 고객들이 최신 버전을 알려주니까.

"잠재적 범죄자를 미리 걸러내는 시스템이라고 하더라고요. 꿈을 검열해서 범죄 성향을 파악하는 기술이 개발됐다고."

"사실이면 좋겠네요."

"왜요?"

"발전기 수리보다는 훨씬 흥미진진하게 들리는데요. 왠지 연봉도 더 받게 될 것 같고."

남자는 전면 패널을 다시 부착했다. 드림캐처의 기능에는 아무런 이상이 없었다. 블랙박스를 체크했지만 재밍 장비에 의해 전파가 교란된 흔적 역시 없었다. 그렇다면 사용자를 체크할 차례였다.

"이쪽도 이상이 없는 것 같네요."

"그래요? 그럼 제가 꿈을 안 꾸어서 그랬나 봐요. 요즘 투 잡 뛰느라 엄청 피곤하거든요. 집에 오면 바로 쓰러져서 곯아떨어져요."

그럴 리는 없다고, 남자는 굳이 반박하지 않았다.

'꿈은 여전히 미지의 영역입니다. 꿈이 단순히 잠의 수호자인지, 억압된 욕망을 충족시켜주는 변태 히어로인지, 정서적 스트레스를 풀어주는 개인 영화관인지, 낮의 기억을 정리하는 유능한 비서인지 아무도 모릅니다. 한 가지 확실한 것은, 우리가 자각하건 못 하건 누구나 꿈을 꾼다는 겁니다. 매일.'

신입 직원 오리엔테이션에 강사로 왔던 심리학 박사는 단호한 어조로 '매일'을 한 번 더 덧붙였다. 따라서 '고객이 투잡으로 피곤해서 9일 동안 꿈을 꾸지 않았음' 따위의 보고서를 올리면 남자는 웃음거리가 될 것이다. 그 웃음은 고스란히 재계약을 위한 인사고과에 반영될 테고.

"다른 방해 요소가 있는지 집을 좀 둘러볼게요."

"집을 둘러본다고요?"

"예. 에너지 공급 합리화법에 따라, 드림캐처가 기술적 결함 없이 장기간 작동하지 않을 경우 원인 규명을 위한 조사 활동을 벌일 수 있습니다."

남자는 태블릿 PC로 고객의 개인 정보 열람 및 간이 수색 영장 승인을 요청했다. 사실상 요식행위에 불과해서 버튼을 터치하는 것과 동시에 승인이 떨어졌다.

한은별 씨는 미혼모로 아들 한서현 군을 혼자 양육해왔다. 작년에 아이를 승용차 조수석에 태우고 제2자유로를 달리다가 트럭과 충돌하기 전까지. 졸음운전으로 중앙선을 침범한 본인 과실이었다. 한은별 씨는 오른팔 복합 골절과 전신 타박상에 그쳤으나 아이는 현장에서 사망했다. 지난 12일이 한서현 군의 1주기였다. 드림캐처에 꿈이 축적되지 않은 기간과 겹쳐졌다.

"혹시 '프로이트'라는 장비 들어보셨나요?"

"프로이트? 그거 사람 이름 아닌가요?"

여자의 목소리가 살짝 가늘어졌다.

"예. 오래전에 『꿈의 해석』이라는 책을 쓴 무슨 박사라고 해요. 드림캐처를 무력화하는 전파 방해 장치를 만들어 파는

업자들이 있는데, 거기에 그 박사의 이름을 붙였어요."

"등급이 떨어질 텐데, 그런 게 왜 필요하죠?"

"전기세 할증을 감수하고라도 몰래 꿈을 꾸고 싶은 사람들이 있으니까요."

여자는 "그래요"라고 입속말로 웅얼거렸다. 문맥상 의문문이어야 하는데 말꼬리가 축 늘어지는 바람에 물음표가 사라졌다.

"대부분은 단순한 호기심으로 접근하죠. 마약처럼. 간혹 꿈에 신비한 능력이 있다고 믿는 무속인이나, 꿈에서 영감을 얻고 싶은 예술가들이 프로이트를 찾기도 해요. 혹은 꿈에서라도 꼭 보고 싶은 사람이 있다거나."

"저는 기계 쪽은 잘 몰라서……"

"알 필요도 없습니다. 잘 때 머리맡에 놔두기만 하면 되거든요."

프로이트는 드림 에너지 프로젝트의 암세포 같은 존재였다. 자신이 정상 세포인 줄 알고 마구 증식해 건전한 순환을 방해하는, 결국 본체까지 파괴해 공멸을 초래하는. 회사에서는 프로이트 사용 흔적을 잡아내는 블랙박스를 모든 드림캐처에 추가로 설치하는 수밖에 없었다. 막대한 비용이 투입된 이 고지식한 방어책은 한동안 효과를 봤다. 최근에 프로이트 X가 나오기 전까지.

"새로 나온 버전은 드림캐처에 아무런 흔적도 남기지 않고 꿈의 전기에너지 변환을 방해한다네요. 참, 그 정도 기술이면 회사에서 당장 최고 대우로 스카우트할 텐데 말이죠. 암시장에서 훨씬 많은 돈을 버는 건지, 자신을 레지스탕스로 여기는 건지."

여자가 표 나지 않게 마른침을 삼켰다.

"값도 비싸겠네요."

"비싸죠. 프로이트 X에는 크립토나스라는 희귀 물질이 극소량 사용된다는 걸 연구 팀에서 밝혀냈거든요. 군용 스텔스 코팅에 사용되는 물질이라는데, 일반 가정에서는 검출될 일이 전혀 없죠."

남자는 전기충격기처럼 생긴 크립토나스 탐지기를 꺼냈다. 일주일 전에 지급받은 장비인데 실제 사용하는 것은 처음이었다. 여자의 얼굴이 급격히 어두워졌다.

남자는 침대 밑, 화장대 서랍, 옷장의 이불 사이사이에 탐지기를 들이밀었다. 표시창의 바늘은 미동도 하지 않았다. 침실에 이어 잡동사니가 들어찬 작은방을 수색했지만 역시 바늘은 움직이지 않았다. 텅 빈 책상 위에 우뚝 서서 남자를 지켜보는 변신 로봇이 눈에 익었다. 조카의 생일 선물로 주문하면서 더럽게 비싸다고 투덜거렸던 기억이 났다. 다시 욕실을 훑었지만 바늘은 계속 누워서 잠만 잤다. 여자는 왼손으로 오른 팔꿈치를 잡은 채 남자의 뒤를 따라다녔다.

주방 냉장고 앞을 지나는데 바늘이 까딱 고개를 들었다. 남자는 냉장고 문을 열고 칸칸이 탐지기를 들이밀었다. 바늘은 힘없이 흔들리기만 했다. 다시 문을 닫는 순간 바늘이 악몽을 꾸다가 깨어나듯 벌떡 몸을 일으켰다. 냉장고 문에는 마그네틱이 여덟 개 붙어 있었다. 로마, 삿포로, 시애틀, 프라하…… 남자는 한 번도 가본 적이 없는 도시들이었다. 투잡에 치여 살며 전기세 때문에 등골이 휘는 미혼모는 어땠을까? 마그네틱은 모두 색상이 선명했고 아직 먼지가 들이끼지 않았다.

"삑! 삑! 삑! 삑!"

탐지기는 횃불을 들고 있는 자유의여신상을 지목했다. 'I♥NY'.

"이젠 더 소형화돼서 드림캐처 패널에 붙여놓는 방식이군요. 머리 잘 썼네."

남자는 마그네틱 뒷면의 틈새에 일자 드라이버를 밀어 넣어 덮개를 열었다. 초소형 마이크로칩과 금속섬유가 어지럽게 뒤엉켜 전자 폐기물로 만든 미로처럼 보였다. 복제품 방지를 위해 일부러 난잡하게 만든 것 같았다. 남자는 마그네틱을 증거물 봉투에 집어넣고 태블릿 PC에 점검 결과를 입력했다.

"한은별 고객님의 행위는 고의적 방해물 사용에 해당합니다. 에너지 공급 합리화법 시행령 제4조 제3항에 의거하여, 오늘부터 1년간 전기세가 50퍼센트 할증되어 부과됩니다."

여자는 울상을 지으며 남자의 팔을 덥석 붙잡았다.

"제발…… 제발 그러지 마세요. 지금도 충분히 힘들어요."

힘들 것이다. 4인 가족 생활비에서 전기세가 차지하는 비중이 60퍼센트에 육박하는 현실이니까. 화석연료는 고갈된 지 오래이고, 곳곳에서 빈발하는 지진과 해일로 원자력 시설이 하나둘 폐쇄되었다. 기후변화가 재생에너지 효율까지 마이너스로 떨어뜨린 암흑의 시대, 꿈은 인류의 유일한 에너지원이다. 공해를 배출하지 않고 고갈될 염려가 없는, 그야말로 꿈의 에너지. 하지만 비싸다.

"죄송해요. 다시는 이런 일 없을 거예요. 그러면 안 되는데, 우리 서현이 한 번만 더 보고 싶어서. 엄마 운전할 땐 칭얼거리지 말라고 했지. 애한테 마지막으로 한 말이에요. 내가 죽었어야 했는데, 한 번만 더 보고, 엄마가 미안하다고……"

횡설수설하던 여자의 시선이 인터폰 쪽을 향했다. 활짝 웃는 아이가 금방이라도 미끄럼틀을 타고 내려와 사진 밖으로 튀어나올 것 같다. 초인종이 울릴 때마다 잠깐이나마 헛된 기대를 품고 싶었던 걸까? 남자는 마리아나해구에 가라앉는 뿔고둥이 되는 꿈을 꾼다. 입을 꽉 다물고 세상에서 가장 깊은 바다의 틈새로 내려간다. 점점 높아지는 수압이 삐죽삐죽 뿔이 돋은 껍데기를 아늑히 감싸준다. 아무 소리도 들리지 않는…… 아무것도 보이지 않는…… 언젠가는, 바닥에 닿겠지.

"여기 서명 부탁드립니다."

남자는 한 손에 태블릿 PC를 들고 다른 손으로 터치 펜을 내밀었다. 여자는 주춤거리며 물러나 식탁 의자에 털썩 주저앉았다. 나무젓가락이 바닥에 떨어지며 머리채가 툭, 흘러내렸다. 남자는 식탁으로 다가가 여자의 앞에 태블릿 PC와 터치 펜을 반듯하게 올려놓았다.

"여깁니다."

여자는 남자의 손가락이 가리키는 공란을 멍하니 내려다보다가 펜을 쥐고 서명을 휘갈겼다.

"블랙리스트에 올랐으니 1년 동안 부정기적으로 점검이 나올 겁니다. 또 한 번 불법 사용이 적발되면 2년간 할증 백 퍼센트가 적용됩니다."

남자는 여자를 식탁에 남겨둔 채 가방에 장비를 챙겼다. 꿈을 꾸고 싶은 고객들의 사연을 일일이 귀담아듣다 보면 업무는 불가능하다. 그 역시 열심히 일해서 전기세를 감당해야 하는 계약직 직원이었다. 그래야 퇴근 후 땀에 전 까마귀 유니폼을 세탁기에 던져 넣을 수 있고, 시원한 맥주를 마시며 야구 중계를 볼 수 있고, 잠 못 이루는 밤이면 파도 소리

ASMR을 틀어놓을 수 있으니까.

현관 앞에서 남자는 뒤를 돌아보았다. 골반과 등허리와 머리가 각각 다른 방향으로 기울어진 여자의 뒷모습은 위태롭게 쌓인 젠가 탑처럼 보였다. 블록 하나만 더 뽑으면 와르르 무너져 내릴 듯한. 정 꿈을 꾸고 싶다면 불을 켜지 않고 지내면 된다. 전자 제품들의 코드를 뽑고 불편하게 살면 된다. 빛과 어둠을 다 가지려 하지 말고.

"꿈속에선 항상 오른쪽으로 틀어요."

남자는 오른발에만 신발을 꿴 채 여자의 넋두리를 들었다.

"그날과 반대로, 운전대를 오른쪽으로 틀어요. 본능……그래요, 본능적으로. 트럭의 헤드라이트 불빛이 나를 향해 정면으로 다가와요."

현실에서는 생존 본능이 모성 본능보다 한발 앞섰던 모양이다.

"쾅, 소리와 함께 앞유리가 산산조각 나고, 날카로운 유리 파편들이 나를 향해 달려들어요. 이마에, 뺨에, 목에, 팔뚝에, 왼쪽 가슴에…… 조수석에 서현이가 괜찮은지 보고 싶은데, 온몸이 꿰뚫려 꼼짝할 수가 없어요. 대신 심장에 박힌 유리 파편에 희미하게 모습이 비쳐요. 다행히 아이는, 무사해요."

그 생존 본능이 꿈을 통해 애프터서비스까지 제공하며 다시 열일하는 중이고.

"안도의 한숨과 함께 심장에서 뿜어진 피가, 유리 파편에 비친 서현이의 미소를 타고 흘러요. 자기는 괜찮다고 말하는 것처럼. 그 순간이 너무나…… 슬프고 황홀해서…… 저 빌어먹을 기계가 어떤 원리로 작동하는지 모르겠지만…… 맞아요. 꿈은 에너지가 돼요."

여자의 말이 끝난 걸 확인한 후 남자는 왼발을 슬립온 스니커즈에 밀어 넣었다. 핸즈프리로 신고 벗을 수 있다는 광고에 끌려 구입했는데, 결국은 장비 가방을 끌어안고 엉거주춤 허리를 숙여 손을 써야 했다.

"안녕히 계세요."

여자가 현관을 향해 오른팔을 뻗어 가운뎃손가락을 들어 보였다.

1층으로 내려온 남자는 다음 방문지를 확인하기 위해 태블릿 PC를 켰다. 한은별 고객의 결과 보고서가 화면에 그대로 떠 있었다. 전송 버튼을 터치하는 걸 잊었던 모양이다. 고의적 방해물 사용, 고의적 방해물 사용, 고의적, 방해물, 사용…… 남자는 화면을 내려다보며 유니폼의 목 단추를 풀었다. 꽤 더운 날씨였다.

'비고의적 실수에 의한 회로 손상, 할증률 10퍼센트, 할증 기간 3개월.'

남자는 보고서를 수정한 후 생각할 틈을 주지 않고 전송 버튼을 터치했다. 간이 수색영장까지 청구해놓고 비고의적 회로 손상이라니. 딱부리 팀장이 눈을 부라리며 이유를 추궁할 게 뻔했다. 박성하 씨, 장난해? 어디 좋은 자리 잡아놨나 봐.

차량 뒷좌석에 장비 가방을 던져 넣고 남자는 운전석에 앉았다. 다음 방문지는 1.5킬로미터 떨어진 아파트 단지였다. 아이가 놀다가 공룡 피규어로 패널을 쳤는데 찌그러지진 않았지만 어쩌고저쩌고. 뭘 이런 것까지…… 행여나 전기세 할증 페널티를 받을세라 미리 점검을 신청하는 건수가 태반이었다.

후진으로 차를 빼면서 남자는 날카로운 유리 파편이 되는 꿈을 꾼다. 매끈한 자동차 앞유리에 몸을 숨기고 있다가, 쾅! 산산이 부서지며 태어나, 세상에서 가장 깊은 바다의 틈새로 뿔고둥과 함께 떨어지는. 끝없이 떨어지며, 그 아득한 틈새까지 비집고 들어온 햇빛을 아른아른 반사하는.

닥터 블랙의 영혼 추출기

그 팔각형 상자를 다시 보게 될 줄은 몰랐다. 그것도 심심풀이로 가끔 둘러보는 B612 경매 앱을 통해서.

표면은 광택이 나는 회청색이고, 칠이 벗겨진 모서리에 녹이 슬었으니 재질은 금속일 테고, 상판 중앙에 동그란 LED 표시창이 있고, 그 주위를 둘러싼 각종 버튼과 다이얼, 여덟 개의 옆면에 하나씩 달린 케이블 단자, 동전 크기의 전극 수십 개가 달린 헤드네트까지 옆에 놓인 걸 보니…… 틀림없었다.

'닥터 블랙의 영혼 추출기.'

장맛비가 억수같이 쏟아지는 일요일 밤이었다. 갑자기 창밖에서 희푸른 섬광이 번쩍하더니 하늘이 쪼개지는 듯한 천둥소리가 쾅…… 울렸다면 분위기가 살았을 텐데, 비만 계속 쏟아졌다. 세상이 뿌연 비안개에 실려 어딘가로 흘러가는 기분이었다.

스마트폰 화면의 사진을 탭하자 경매품에 대한 상세 정보가 나왔다. 이 신비한 팔각형 상자는 사후 세계의 비밀을 밝혀낸 닥터 블랙이 강령회에서 사용한 초혼(招魂) 장치이다, 헤드네트는 세 개가 남아 있다, 정식 매뉴얼이 전해지지 않아 현재는 작동이 안 된다, 만일 당신이 우연히라도 사용법을 알아낸다면 죽은 이의 영혼과 대화하는 놀라운 경험을 하게 될 것이다. 끄트머리에는 '닥터 블랙이 상자를 파괴하라는 유언을 남겼으나 도박 빚에 시달리던 스태프 덕분에 암시장을 거쳐 살아남았다'는 미심쩍은 스토리가 덧붙어 있었다.

총 네 명이 입찰했고 최고 입찰가는 고철 가격을 살짝 웃도는 수준이었다. 어쩌겠나, 괴짜 몽상가들의 장난스러운 수집품이 거래되는 앱에 '영혼 추출기'라는 품명으로 올렸으니. B급 SF 영화 소품처럼 보이는 조악한 디자인도 한몫했을 테고. 판매자조차 모르는 것 같다. 20년 전만 해도 이 팔각형 상자의 1회 사용료가 중형차 한 대 값에 육박했다는 사실을.

사진으로 진품 여부까지 판별할 수는 없으나 외형은 내 기억 속의 모습과 일치했다. 정식 명칭은 '전이 카이파 추출 및 합성기'였나 그랬을 것이다. 물론 닥터 블랙이라는 닉네임으

로 알려진 조나단 오 박사도 실존했던 인물이다. 그가 비운의
천재 과학자인지 희대의 사기꾼인지, 아니면 독특한 홍보 전
략을 구사한 심령술사인지는 여전히 논란의 소지가 있지만.

　조나단 오 박사의 이력에 대해 공식적으로 확인된 사항은
없다. 사람들의 입소문으로 부풀고 다듬어진 외전만이 새끼
를 치며 돌아다닐 뿐이다. 나도 몇 차례 검증을 시도해봤지
만 풀 네임이나 생년월일 같은 기본 정보가 없는 탓에 번번이
벽에 부딪쳤다. 소문이 전해지는 과정에서 뇌신경학이나 양
자역학 같은 전문 파트는 흐지부지 축약될 수밖에 없다는 점
도 한계였다. 그렇게나마 추리고 꿰맞춘 그의 발자취는 다음
과 같다.

　미국 이민 가정 출신인 조나단 오 박사는 아이비리그 대학
(하버드와 예일이 가장 많이 언급된다)에서 뇌신경학을 전공
했다고 한다. 곁가지로 끼어드는 럭비나 카누 팀 관련 학창
시절 일화는 전부 생략하겠다. 졸업 후 대학 부설 신경과학
연구소에서 뇌전증 연구를 하던 중, 그는 피험자의 대뇌피질
에서 감마파보다 더 높은 주파수 대역을 가진 미지의 파동을
감지했다. 박사는 자신이 발견한 새로운 뇌파에 카이(χ)파라
는 이름을 붙였다.

　그런데 이 파동에 대한 연구를 진행할수록 기존에 알려진

다섯 종류의 뇌파와는 다른 특성이 보였다. 심신의 특정 상태에서 나타나는 뇌파 5형제와 달리 카이파는 규칙에 얽매이지 않고 대중없이 출몰했다. 특히 비일상적인 선택의 상황이나 애정, 분노 같은 강한 정서적 반응 시, 그리고 자유롭게 상상의 나래를 펼칠 때 주로 감지되었다. 조나단 오 박사는 그들쑥날쑥한 움직임을 꾸준히 추적한 끝에 교묘한 패턴을 찾아냈다. 카이파가 자신의 파동으로 다른 뇌파들을 적절히 억누르고 활성화시키는 컨트롤 타워 역할을 하는 게 아닌가. 마치 다섯 손가락을 슬라이드 캡에 올려놓고 이퀄라이저를 조절하듯이.

이 전기적 파동이 대뇌피질을 벗어나 신체 다른 부위에서도 측정되자 조나단 오 박사는 자신이 발견한 게 뇌파가 아님을 깨달았다. 카이파가 감지된 곳은 정수리, 미간, 목, 가슴 정중앙, 배꼽과 척골 부근, 사타구니, 이렇게 일곱 군데였다. 이 배치는 인체 호르몬을 관장하는 내분비계인 동시에 동양 사상에서 생명 에너지의 집합점이라고 하는 7대 차크라와 정확히 포개졌다. 더욱 놀라운 사실은 카이파가 개체를 벗어나 타인에게 전이된다는 점이었다. 두 사람이 가볍게 대화를 나누기만 해도 같은 주파수의 파장이 복사되듯이 옮겨졌고, 사고나 감정의 진폭이 커질수록 전이율이 높아졌다.

하지만 아무리 연구를 계속해도 카이파의 해부학적 진원

지를 찾을 수 없었다. 일체의 과학적 접근을 차단하는 이 미스터리는 조나단 오 박사로 하여금 양자역학을 구름판 삼아 한층 과감한 점프를 하도록 부추겼다. 그는 카이파가 우리 몸속에 존재하는 비물질적 장기, 양자장 차원의 에너지 소용돌이에서 분사된 소립자들의 흐름이라는 가설을 세웠다. 필름 두 장을 겹쳐서 완성되는 이미지처럼, 인간 존재는 물리적 세계에서 감지되지 않는 에너지 발전소와 육체의 결합으로 완성된다는 이론이었다.

미지의 차원에서 건너와 뇌파를 통해 우리의 사고와 심리를 제어하고, 호르몬을 분비해 정서와 의지를 추동하며, 다른 개체와 소통하는 과정에서 감응력을 주고받는, 입자인 동시에 파동인 소립자들의 춤. 조나단 오 박사는 자신이 '영혼'을 발견했다고 확신했다.

꼬박 10년을 매달린 연구 끝에 콘퍼런스에서 야심 차게 발표한 박사의 영혼 가설은, 당연하게도, 학계의 웃음거리가 되었다. 학문적 엄밀성을 담보하기에 턱없이 부족한 데이터의 결손을 창조론자들의 부질없는 발명품으로 땜빵한, 한마디로 논할 가치도 없는 사이비라는 것이었다. 현대 과학이 간신히 파묻은 생기론이 좀비가 되어 나타났다는 호들갑은 성의 어린 반응이었고, 모 학회지는 '국제 유령 추적자 협회' 웹사이트 주소를 알려주는 것으로 논문 게재 불가를 통보했다. 일곱 덩어리의 영혼은 개당 3그램이냐느니(영혼의 무게를 21그램으로 측정한 덩컨 맥두걸의 가소로운 실험에 빗대어), 사타구니에 위치한 영혼에 의해 드디어 '양자 얽힘'의 시연이 가능해졌다느니, 한국과 일본을 혼동한 채 『드래곤볼』의 에네르기파까지 끌어와 너도나도 조롱 배틀을 벌였다.

영혼의 존재를 두고 과학계와 견원지간인 종교계의 응원이라도 받았다면 힘이 되었으련만, 그쪽은 더더욱 거품을 물고 손가락질했다. 이유는 조나단 오 박사가 발견한 영혼에는 유통기한이 있기 때문이었다. 그의 가설에 따르면, 인간 존재를 구성하는 두 장의 필름은 영구 접착 방식으로 결합되기에 육신이 죽는 순간 개별 영혼 역시 소멸하는 것이었다. 사후에도 존재하는 영혼 개념은 수천 년 동안 종교계의 가장 강력한 밥줄이었다. 육신을 이탈하여 천국과 지옥으로 흩어질 영혼이 없다면 당장 주일 헌금이 반 토막 날 판인데, 어디 조롱할 여유나 있었겠나.

심신 일원론과 이원론 사이, 양쪽으로부터 돌팔매 맞기 딱 좋은 회색 지대에 조나단 오 박사는 우뚝 서 있었다.

"갈릴레이의 심정이 이런 것이었군."

조나단 오 박사는 몇 안 되는 동료들에게 담담히 심경을 토로했다고 한다. 아울러 미국 신경학계의 동양 기(氣) 사상에 대한 무지와 유색인종 차별에 대해서는 훨씬 더 격하게 토로했던 모양이다. 미련 없이 미국 생활을 정리한 박사는 모국으로 돌아와 카이파 연구를 이어갔다. 그러나 한국에도 엄연히 체계를 갖춘 과학계와 종교계가 양립하고 있었다. 사정이 나아진 거라곤 조롱과 손가락질이 동양의 미덕인 무시로 바뀐 정도랄까.

인류 과학사의 가장 독창적인 발견을, 과학을 넘어 종교와 철학까지 융합하는 찬란한 금자탑을, 노벨상 다관왕의 꿈을 이대로 사장시킬 수는 없었다. 조나단 오 박사는 마지막 승부수를 던지기로 했다. 자신의 연구 성과를 대중 앞에서 직접 시연하는 깜짝쇼를 통해 위대한 업적을 인정받기로 한 것이다.

이 무렵 박사의 연구는 타인에게 전이된 특정인의 카이파를 추출해 합성하는 단계까지 도달해 있었다(아쉽게도 이런 비약적인 결실의 과학적 원리에 대해서는 알려진 바가 없다). 죽음과 함께 원본 영혼은 사라지지만 여기저기 복사된 조각들을 합치면 식별 가능한 복제 영혼을 만들 수 있다고 그는 공언했다. 이 복제 영혼이 BCI(뇌-컴퓨터 인터페이스) 기반의 음성 합성기를 작동시킨다면, 우리는 죽은 자의 목소리를 들을 수 있다는 의미였다.

영혼. 이토록 장기간, 빈번히, 깍듯하게 쓰이면서 이토록 실체가 모호한 단어가 또 있을까? 영혼이 뭔가? 조물주가 우리 콧구멍에 불어넣은 숨결인가? 그게 인간을 특별한 존재로 만들어주나? 죽고 나면 다른 몸으로 들어가서 환생하는 게 사실일까? 빙의를 통해 산 채로 옮겨 다니기도 하나? 그러다가 사진에 찍히기도 하고? 원한이 사무치면 이승에 남아 복수하는 게 가능한가? 악령은 왜 소금이나 팥을 싫어할까? 악마에게 팔면 값을 얼마나 쳐줄까? 셜록 홈스를 탄생시킨 코넌 도일마저 강령회 테이블에 앉게 만든, 세계 인구의 93퍼센트가 믿는다지만 속 시원히 증명된 적은 한 번도 없는…… 도대체 영혼이란 무엇인가?

조나단 오 박사는 이 유령 같은 단어에 실체를 부여하기로 했다.

조나단 오 박사의 강령(降靈) 실험에 참여하실 분을 모집합니다.

사랑하는 사람을 잃으셨습니까?

그 사람이 못 견디게 보고 싶습니까?

영혼의 존재를 과학적으로 입증한 조나단 오 박사가

망자와 못다 나눈 대화의 장을 열어드립니다.

◆ **참여 대상**

– 성별, 연령 제한 없음

– 가족, 연인 등 고인과 긴 시간을 함께 보냈거나 정서적 유대
감이 깊었던 사람

– 가급적 고인의 임종을 지킨 사람을 포함하여 최대 8명까지
참석 가능

◆ **장소**

– 고인이 생활했던 공간 또는 참석자들에게 익숙한 공간

– 외부의 빛과 소음을 차단할 수 있는 환경

◆ **준비물**

– 원탁과 의자

– 고인과의 추억이 담긴 물건

– 고인의 생전 사진과 영상, 음성 파일(실험 3일 전 제출)

◆ **예측 가능한 부작용**

– 개인차에 따른 가벼운 심리적 충격 외에 없음

※ 자세한 문의 및 신청은 이메일로 해주시기 바랍니다.

당시 조나단 오 박사의 페이스북에 올라왔다는 공지문이

다. 강령회를 빙자한 임상 시험인지 임상 시험을 빙자한 강령회인지 애매한데, 비용에 대한 언급이 없는 것으로 보아 시작은 전자에 가깝지 않았나 싶다. '자세한 문의'의 내용에 따라 후자가 될 수도 있겠지만. 임종을 지킨 사람을 원하는 이유는 숨이 끊어지는 찰나에 매우 강력한 카이파가 내뿜어지기 때문일 것이다. '가벼운 심리적 충격' 외에 편두통과 평형 감각 이상을 호소한 몇몇 사례가 있었으나 명확한 인과관계는 밝혀지지 않았다.

박사가 세팅한 실험 현장을 살펴보자. 최대 8인의 참석자들은 평등과 화합을 상징하는 원탁에 둘러앉는다. 고인과의 추억이 담긴 옷, 인형, 그릇, 골프채 등이 원탁 주위를 에워싸고 있다. 마음을 이완시키는 동시에 집중력을 높이기 위해 인공조명은 끄고 원탁 위에 촛불을 켜놓는다. 참석자들은 헤드네트를 머리에 쓰고 서로의 카이파가 원활하게 조응하도록 손을 맞잡는다. 헤드네트의 케이블은 조나단 오 박사의 앞에 놓인 팔각형 상자에 연결돼 있다.

실험 성공률을 높이기 위한 과학적 방법론이라곤 하는데, 식탁보로 요상한 상자와 케이블만 가리면 영락없이 오컬트 영화에 등장하는 강령회 풍경이다. 이해 못 할 바는 아니다. 낯선 실험에 지원자를 모집하기 위해서는 익숙한 엔터테인먼트적 요소가 필요했을 것이다. 설마 박사가 제 한 몸 희생해 학계를 망신 주려고 과학의 이름으로 오컬트라는 오물을 뒤집어썼겠는가.

실험이 시작되면 천장에 설치된 스피어 프로젝터가 회전하며 고인의 사진과 영상, 음성을 흩뿌린다. 벽에 원탁에 서로의 얼굴에 사랑했던 이의 생전 모습이 물결처럼 넘실거린다. 무지갯빛 추념의 바다에 잠겨 그리운 목소리에 귀를 기울이는 사이 참석자들은 몽롱한 트랜스 상태에 빠져든다. 그들의 에너지 소용돌이에 얽혀 있던 고인의 카이파가 케이블을 타고 팔각형 상자로 모여든다. 조나단 오 박사는 LED 표시창을 들여다보며 각종 버튼과 다이얼을 조작해 퍼즐 조각처럼 쏟아지는 영혼 파편을 이리저리 이어 붙인다.

마침내 흩어져 있던 잔여 영혼이 상자에 장착된 음성 합성기와 (역시 엔터테인먼트적 요소로 추가된) 3D 홀로그램 프로젝터를 작동시킬 만큼 충분히 합체되면…… 딸깍. 천장의 스피어 프로젝터가 꺼지고 빈 의자에 죽은 이의 형상이 나타난다. 우주를 통틀어 가장 견고한 장벽이 무너지며 망자와 못다 나눈 대화의 장이 열리는 것이다.

초창기 실험의 성과에 대해서는 알려진 바가 없다. 과학사에 그의 이름이 아로새겨지지 않은 걸 보면 공개 시연이라는 마지막 승부수가 통하지 않은 것은 확실하다. 짐작건대 이 시기 주요 피험자 혹은 고객은 용한 무당이나 애기보살을 찾아 방방곡곡을 누비다가 서양 별미를 시식하러 온 샤머니즘 신봉자들이 아니었을까? 영혼 합성에 성공했다 한들 미래를 엿보는 게 주목적인 이들을 만족시키기는 힘들었을 것이다. 눈앞에 나타난 홀로그램 영혼은 과거 추억담이나 늘어놓았을 테니까. 과거는 과거대로 쓰임새가 따로 있다.

2001년 경기도 과천에서 여덟 살 K군이 하교 도중 유괴되는 사건이 발생했다. 젊은 남자로부터 몸값을 요구하는 전화가 다섯 차례 걸려 왔으나 경찰의 개입을 눈치챘는지 돌연 연락이 끊겼다. 용의자도 피해 아동도 찾지 못한 채 세월은 흘러갔다. 부쩍 늙고 수척해진 모습으로 텔레비전 시사 프로그램에 출연한 K군의 부모는 눈물을 흘리며 부르짖었다. "제발 우리 ○○이 생사만이라도 알고 싶어요." 그 간절한 바람은 23년이 지난 후에야 이루어졌다.

범인은 K군의 사촌형이었다. 성인 오락실 인수 자금 마련을 위해 고등학교 후배 둘과 범행을 모의했는데, 성문 분석 결과 그중 한 명의 목소리가 협박 전화의 녹음 파일과 일치했다. 긴급 체포한 용의자를 추궁해 시신 유기 장소를 알아내는 데에는 그리 많은 시간이 걸리지 않았다. K군의 집에서 2킬로미터도 떨어지지 않은, K군 어머니가 봄이면 쑥을 캐고 가을이면 도토리를 줍던 야산이었다. 시신의 손톱 밑에서 검출된 사촌형의 DNA는 결정적인 증거가 되었다. 유괴가 살인으로 바뀌었기 때문에 공소시효의 문제는 없었다.

23년 만에 백골로 돌아온 아들 앞에서 오열하는 K군 부모의 모습이 일제히 뉴스 오프닝에 걸렸다. 관련 기사마다 안타까움을 표하는 댓글, 사형제 부활을 촉구하는 댓글로 도배가 되었다. 장기 미제 사건을 끈질기게 추적한 경찰에게는 연일 찬사가 쏟아졌다. 과학수사의 승리라며 관련 전문가들을 초빙한 프로그램이 앞다투어 편성되었다. 그런데 언제부턴가 사건 해결의 배후에 미국에서 온 심령술사가 있다는 소문이 돌기 시작했다.

내용인즉, 더 이상 기댈 곳이 없었던 K군의 부모가 지푸라기라도 잡는 심정으로 재미 교포 심령술사를 찾아갔다는 것. 유괴 당일의 모습 그대로 보존돼 있던 K군 방에서 부모와 세 살 터울의 누나, 황혼 육아를 도맡았던 외조모, 어느덧 서른 줄에 접어든 단짝 친구가 참석해 강령회가 열렸다는 구체적인 정황까지 나돌았다. 그 자리에 나타난 K군의 혼령은 사촌형을 범인으로 지목하고 공범 두 명의 인상착의와 납치 순간부터 이튿날 살해되기까지의 일거수일투족을 낱낱이 고했다고 한다. 형사들은 K군 부모의 등쌀에 못 이겨 마지못해 재수사하는 시늉을 하다가 대어를 낚았다는 것이다.

당연히 경찰에서는 소문의 내용을 부인했다. 보도 자료에 따르면 K군 유괴 사건 해결은 수년 전부터 장기 미제 사건 전담 팀을 확충해서 이룬 첫 결실이었다. K군의 부모는 이젠 조용히 살고 싶다며 소문에 대해 가타부타 확인해주지 않았다. 유일한 단서라곤 이웃 주민 황 모 씨의 모자이크 인터뷰뿐이었다.

"그 집이 전국의 용하다는 무당이며 점쟁이를 숱하게 찾아다녔어요, 숱하게. 그 돈만 해도 집 한 채는 날아갔을 거야. 얘기가 퍼지니까 오만 사기꾼 같은 놈들도 들러붙고……"

끝내 소문의 진상은 규명되지 않았다. K군 사건을 필두로 해묵은 콜드 케이스들이 연이어 해결되는 마법이 발휘된 것도 사실이고, 당시 경찰이 공소시효에 대한 비판 여론으로 장기 미제 사건에 힘을 쏟은 것도 사실이었다. 하지만 사람들의 관심을 끄는 건 그런 공식적인 발표가 아니었다. 소문의 주인공이란 소문이 퍼진 조나단 오 박사는 어느새 심령술사 닥터 블랙으로 이름을 떨치고 있었다.

아버지의 억울한 죽음을 밝히기 위해, 행방불명된 딸을 찾기 위해, 불의의 사고를 당한 어머니에게 마지막 인사를 건네기 위해, 연인에게 자살한 이유를 듣고 싶어서, 유산 분배에 대한 할아버지의 진의를 묻기 위해, 사람들은 닥터 블랙을 찾았다. 눈물바다가 된 원탁 풍경이나 유령을 만난 오싹한 경험에 대한 후기가 심심찮게 SNS를 떠돌았다. 강령회 개최

비용이 중형차 한 대 값에 육박했지만 그마저 예약하고 몇 달을 기다려야 한다는 후문이었다. 내가 조나단 오 박사를 만난 건 그 무렵이었다.

작은삼촌은 스물여덟 살에 승용차로 고속도로 가드레일을 들이받고 세상을 떠났다. 지방대학에서 저녁 늦게 강의를 마치고 올라오다가 졸음운전을 한 것으로 결론이 났다. 매미 소리를 들으며 직사각형 구덩이 아래로 내려가는 향나무 관을 바라보는데 등 한복판이 몹시 가려웠던 기억이 난다. 관 위로 흙이 쏟아질 때 울음이 터졌던 것 같다. 이듬해 나는 중학생이 되었고 큰삼촌을 무심코 '삼촌'이라고 부를 때 드는 죄책감에 서서히 적응해갔다. 사춘기의 특권으로 논현동에 가는 발길이 뜸해진 것도 망각에 도움이 되었다.

논현동 할머니는 늘 작은삼촌의 여권을 인질인 양 손가방에 넣고 다녔다. 저승이 비행기 타고 가는 곳이라도 되는 것처럼. 저녁마다 손수 작은삼촌의 방을 청소하고 철마다 침대 시트와 이불을 간다는 얘기가 중학교를 다니는 내내 들려왔다. 할머니의 장엄한 슬픔 앞에서 엄마와 큰삼촌은 동생 잃은 슬픔을 등 뒤로 감출 수밖에 없었다. 왠지 불경스럽게 보였다고 할까. 늦둥이 막냇자식을 앞세운 심정이야 누가 감히 헤아릴까마는, 할머니의 그 고집스러운 애도에는 남은 가족을 떠름하게 만드는 구석이 있었다.

강골, 억척이로 통하는 할머니는 언제나 앞만 보며 진군하는 여장부였다. 매사에 당신이 세워놓은 잣대가 곧 상식이자 정의였고 거기서 반 발짝이라도 벗어나면 죄다 '정신머리 글러먹은 놈'으로 매도되었다. 이 엄혹한 잣대는 손자인 나를 포함해 가족들에게도 예외가 아니었다. 특히 사회복지사업에 투신하고 싶다는 작은삼촌에 대해서는 '나라님도 어찌 못하는 가난을 네가 뭔데 나서느냐, 배때지가 불러 사내새끼가 여즉 옹알이를 지껄인다'고 타박하기 일쑤였다. 그런 터프한 모정밖에 보여주지 못한 아쉬움이, 튼튼한 새 차 한 대 뽑아주지 않은 회한이 할머니에게는 응어리로 맺혔으리라. 그날 고속도로 휴게소에서 걸려 왔다는 작은삼촌의 마지막 전화는 그 응어리에 생선 가시처럼 박혀 더욱 할머니의 속을 긁어 댔다.

"준수 음성에 통 매가리가 없더라고. 뭔 말을 하고 싶은 눈치였는데, 하려다가 입을 헙, 다무는 거야. 올라가서 하면 된다고, 재차 물어도 별거 아니라고만 밍기적대고…… 뭔 억하심정이관데 이 에미한테까지 털어놓지 못했을꼬?"

논현동 할머니답지 않은 넋두리를 나도 몇 번인가 들은 적이 있다. 넋두리가 되풀이될수록 그 통화와 작은삼촌의 사고 사이에 긴밀한 인과관계가 맺어졌다. 할머니는 당신의 피를 이어받은 사내새끼의 죽음을 졸음운전이라는 방만한 단어로 정리하길 거부했다. 그 청천벽력의 슬픔엔 뭔가 더 엄숙한 배후가 있어야 했다. 거대하고 비극적인 운명의 수레바퀴 같은 것이.

그 와중에 닥터 블랙에 대한 소문이 할머니의 귀에까지 들어갔던 모양이다. 결국 할머니와 엄마, 큰삼촌, 나, 그리고 외숙모가 될 뻔했던 입이 작은 누나까지 작은삼촌 방에 들여놓은 고풍스러운 원탁에 둘러앉게 되었다. 할머니가 직접 고른 이태리 수입 가구였다.

"엄마, 꼭 이렇게까지 해야겠어?"

조나단 오 박사의 스태프들이 장비를 세팅하는 사이 엄마는 할머니에게 거듭 물었다. 그때마다 큰삼촌은 옆에서 긴 한숨으로 지원사격을 했다. 이미 다른 남자와 결혼 날짜까지 받아놨다는 입 작은 누나 역시 '살아남은 자의 슬픔'을 자극하는 할머니의 억지에 못 이겨 끌려온 기색이 역력했다.

"자꾸 엄마가 이러면 준수도……"

"꼭!"

할머니가 엄마를 똑바로 노려보며 말허리를 끊었다.

"이렇게까지, 해야겠다."

반세기 동안 매일같이 어둑새벽에 일어나 흑임자떡과 대

추찰떡을 수십 말씩 만들어온 할머니의 뚝심을 꺾을 식솔은 없었다. 하물며 그 반세기의 노동이 논현동에 5층 상가 건물과 160제곱미터 아파트로 응축돼 있음에랴. 얼마 전 할머니는 막내의 이름을 딴 복지 재단을 만들어 상가 건물을 기부하겠다는 폭탄선언으로 엄마와 큰삼촌을 아연실색하게 만든 참이었다. 두 분은 어떻게든 할머니의 비애를 다독여 유산의 사회 환원 비율을 최소한으로 낮추기 위해 노력 중이었다.

준비가 끝나자 조나단 오 박사가 방의 불을 끄고 원탁을 돌며 길쭉한 주방용 라이터로 다섯 개의 양초에 불을 붙였다. 나는 눈동자만 굴려 베일에 싸인 재미 교포 심령술사를 훔쳐보았다. 마른 체형에 볼록한 올챙이배, 모공이 숭숭한 거친 피부, 이마를 훤히 방치하고 말려 올라간 곱슬머리. 이승과 저승을 연결하는 매개자로서의 숙명적 고뇌나 카리스마는 찾기 힘들었다. 굳이 끄집어내자면 미간에 칼자국처럼 새겨진 두 개의 세로 주름 정도. 면바지와 체크무늬 셔츠 위에 흰 가운을 걸친 차림새 역시 닥터 블랙이라는 캐릭터를 감안하면 실망스러웠다. 여러 번 빨았는지 가운은 가슬가슬하게 보풀이 일어 있었다.

"앞에 있는 헤드네트를 머리에 쓰세요. 예, 그렇게…… 적당히 쓰시면 됩니다. 표정들이 너무 굳어 있네요. 릴랙스, 하세요."

전극이 주렁주렁 붙은 그물망을 뒤집어쓰고 릴랙스, 하는 게 말처럼 쉽지 않았다. 박사는 차분한 음성으로 자신이 발견한 카이파에 대해 간략히 설명하고 몇 가지 주의 사항을 전달했다. 편안한 마음으로 고인을 회상해라, 곧 나타날 홀로그램은 고인의 사진을 기반으로 만들어진 허상이지만 표정과 행동에는 영혼의 심정이 그대로 반영된다, 눈앞에 벌어지는 현상을 있는 그대로 받아들이는 게 중요하다, 거부하고 의심하기 시작하면 카이파가 약해져 연결이 끊길 수 있다 등등. 말을 하면서 규칙적으로 우리를 둘러보았는데 어쩐지 시선이 잘 맞춰지지 않는 눈이었다.

　"자, 옆 사람과 손을 잡으세요."

　둥글게 손을 맞잡자 분위기는 더욱 어색해졌다. 스태프 한 명이 리모컨으로 천장에 설치한 스피어 프로젝터를 작동시켰다. 사이키 조명처럼 생긴 구체가 천천히 돌아가며 방 안 가득 작은삼촌의 사진과 영상을 흩뿌렸다. 아장아장 걸음마를 하는, 이등병 계급장을 달고 거수경례하는, 학사모를 쓰고 활짝 웃는, 드라큘라로 분장해 유령 신부의 볼에 입을 맞추는, MTB 자전거를 옆에 잡고 산길을 오르는, 무슨 일인지 모르겠지만 웃으며 울먹이는…… 여기저기서 끌어모은 작은삼촌의 음성이 귓가로 밀려왔다가 멀어졌다. 생일 축하합니다, 하하, 그게 뭐야, 브레이크 살살 잡으면서, 사회복지란 이러한 인간의 욕구를, 와, 이건 정말이지…… 작은삼촌으로 흠뻑 물든 공기가 코와 입으로 들어와 폐를 채우고 혈관을 따라 온몸으로 퍼져갔다. 가장 먼저 엄마가 코를 훌쩍였다. 할머니는 입술을 꾹 다문 채 미동도 하지 않았다.

조나단 오 박사는 믹싱하는 디제이처럼 팔각형 상자 위로 상체를 숙이고 각종 다이얼과 버튼을 분주하게 조작했다. 점점 머리가 어뜩해지고 심장박동이 잦아들었다. 반짝이는 인공위성 같은 게 안구 속을 떠다녔다. 내 안에서 무언가 뽑혀나가는, 잔뿌리를 내린 묘목을 누군가 잡고 흔들어대는 느낌. 원탁이 들썩거렸다. 닥터 블랙의 손놀림이 빨라졌다. 미간의 세로 주름이 늘어났다. 작은삼촌은 회전목마처럼 계속 돌아가고, 촛불이 그림자를 드리운 생경한 얼굴들이 함께 돌아가고, 슬픔도 그리움도 아닌 밍밍한 무아의 상태가 극에 달한…… 딸깍. 천장의 프로젝터가 꺼지고 환한 빛다발이 할머니 옆 빈 의자로 몰려들었다.

그 순간의 전율을 어떻게 표현해야 할까? 4년 전 관에 담겨 직사각형 구덩이 아래로 내려갔던 작은삼촌이 눈앞에서 미소 짓고 있었다. 누군가 공기 중에 그려놓은 수채화처럼 반투명한 모습으로. 황홀, 두려움, 애상, 감격, 당혹…… 섣불리 이름 붙일 수 있는 감정이 아니었다. 삶과 죽음 사이의 장벽이 허물어지며 피어난 먼지구름 속에 우리는 망연히 서 있었다. 아무도 입을 떼지 못하고 있자 작은삼촌이, 아니 작은삼촌의 영혼이, 아니 작은삼촌의 영혼의 홀로그램 이미지가 먼저 말을 걸어왔다.

"어머니, 누나, 형, 다들 잘 지냈어요? 승주 그새 많이 컸구나. 다연아…… 단발머리도 잘 어울리네."

웅글면서도 맑은 작은삼촌의 목소리 그대로였다. 상황에 어울리지 않게 밋밋한 억양이 오히려 다행스러웠다고 할까. 다연 누나는 작은 입을 실룩이며 부활한 첫사랑에게서 눈을 떼지 못했다. 내내 못마땅한 얼굴이던 큰삼촌마저 손수건을 꺼내어 눈가를 훔쳤다. 석상처럼 앉아 있던 할머니가 깊은 탄식을 토했다.

"왔나, 이눔아."

팔각형 상자에서 내쏘아진 이미지가 진짜 백준수라는 걸 확인하는 데에는 몇 가지 기억을 맞춰보는 것으로 충분했다. 충격이 가시고 확인이 끝나자 비로소 감정이 북받쳐 올랐다. 막내아들이, 동생이 사라질세라 할머니도 엄마도 큰삼촌도 1.5배속 화면처럼 입놀림이 빨라졌다. 작은삼촌의 영혼은 시종 밋밋한 억양이었고 문장이 길어지면 한국어가 서툰 외국인처럼 버퍼링이 걸렸지만 모두들 찰떡같이 알아들었다. 운전석에 끼어 숨이 끊어지기 전까지 스쳐간 상념을 들려줄 때는 원탁이 눈물바다가 되었고, 복지 재단에 대해서는 가족 간

분란을 일으키지 않도록 자신의 법정상속분 이내라면 대찬성이라고 의젓한 타협안을 내놓았다.

가족들과 밀린 이야기를 주고받는 틈틈이 작은삼촌은 다연 누나를 챙겼다. 연인끼리의 대화이다 보니 사연을 모르는 입장에서는 거의 암호문처럼 들렸다.

"지금도 눈 오는 날이면 양꼬치가 생각나."

"마리아는 여전히 마리아 놀이 하고 있지."

"겨울에 센트럴파크의 연못이 얼어붙으면 오리들은 어디로 갈까?"

첫사랑과 밀어를 나누는 다연 누나의 눈이 반짝반짝 빛났다. 그 빛이 전이된 건지 홀로그램의 눈도 반짝반짝 빛나 보였다.

작은삼촌의 영혼 중 내게서 추출된 지분은 얼마 되지 않았을 것이다. 삼촌과 어린 조카의 추억이란 게 영혼에 새겨질 만큼 특별한 건 아니니까. 나는 말거리가 넘치는 어른들께 순번을 양보하고 조용히 귀를 기울이는 사려 깊은 조카 역할에 만족했다. 그런데 작은삼촌이 내 쪽을 돌아보며 불쑥 '고백'이라는 단어를 꺼내는 게 아닌가.

"승주가 다섯 살 무렵에 삼촌하고, 보드게임 자주 했던 거 기억나니? 말판에 공룡과 화산이 그려진 게임이었는데. 넌 승부욕이 대단했어. 게임에 지면 이길 때까지, 한 판 더, 한

판 더, 계속 졸랐잖아. 티 나지 않게 져주느라, 힘들었어, 하하. 어느 날 게임을 하는데, 막상막하의 승부였는데, 네가 벌칙 카드를 뒤집게 됐어. 카드를 보고 우거지상을 짓는 게, 목에서부터 벌겋게 열이 오르는 게, 어찌나 귀엽던지. 삼촌이 카드를 보려 하자 넌, '뒤로 두 칸이야' 하며 뽑은 카드를, 카드 묶음 밑에 쑤셔 넣더라고. 삼촌은 네가, 거짓말을 한다고 느꼈어. 더 무거운 벌칙인데, 이기기 위해, 속임수를 쓴다고. 그러면 안 되는 거거든. 삼촌으로서 가르쳐줘야, 한다고 생각했어. 세상엔 이기고 지는 것보다, 더 중요한 게 있다고. 네가 자리를 비운 사이, 일단 카드를 확인했어. '뒤로 두 칸'이라고, 적혀 있더라. 그래…… 넌 긴박한 승부처에서 벌칙을, 받은 게 화가 났던 거야. 널 짜증 나게 만든 카드를, 보여주기 싫었을 뿐이야. 아이들은 원래 그렇다는데, 그땐 삼촌도 어려서, 몰랐지. 무턱대고 널 의심한 게, 너무 부끄러웠어. 세상엔 가르치고 배우는 것보다, 더 중요한 게 있는데. 그 일이 늘 마음에 걸려서, 승주에게 꼭 사과하고 싶었어."

작은삼촌은 팔을 뻗어 내 손을 잡으며 눈물을 글썽였다. 기분 탓인지 손등에 서늘한 감촉이 전해졌다. 나로서는 기억에 없는 일이라 뭐라고 대꾸를 하지 못했다. 어린 조카를 의심한 게 쑥스럽긴 했겠지만, 영혼으로 돌아온 마당에 눈물까지 글썽일 일인가 싶어 당황스러웠다. 괜찮다고, 그만 잊어버리라고 했던가? 그런데 작은삼촌의 그 고백을 정작 내가 잊지 못했다.

지금도 난 누군가를 믿거나 의심하거나 선택해야 하는 상황이 오면 은연중에 상대의 모습에 다섯 살의 나를 겹쳐 보곤 한다. 벌겋게 찌푸린 얼굴로 벌칙 카드를 들고 있는 꼬마를. 그리고 마음속으로 주문을 왼다. 뒤로두칸, 뒤로두칸, 뒤로두칸…… 이미지가 잘 겹쳐지면 통과, 들뜨고 어긋나면 탈락. 이 미신적인 방법은 신기하게도 제법 적중률이 높았고, 결과가 어떻든 후회가 남지 않는다는 장점이 있었다.

"엄마, 그거 물어봐야지. 그날 왜 전화했는지."

"참, 내 정신머리 좀 봐라."

할머니는 헛기침으로 목을 가다듬고 작은삼촌에게 물었다. 그날 휴게소에서 전화로 무슨 얘기를 하려던 거냐고, 왜 그렇게 기운이 없었느냐고, 왜 끝내 말하지 못하고 전화를 끊었느냐고.

"아, 그거요. 그때 배가 많이 고팠어요. 강의 중간 공강 시간에 뭘 먹었어야 했는데, 원래는 먹는데, 학과장님이 갑자기 보자는 바람에 때를 놓쳤어요. 그래서 휴게소에 들렀어요. 우동을 먹고 가려고. 별로 땡기진 않았지만, 그냥 간단히 때우려고 했는데, 점심으로 샌드위치를 먹은 게 떠올랐어요. 어머니도 알겠지만, 제가 두 끼 연속으로 밀가루를 먹으면, 속이 안 좋거든요. 그래서 우동을 안 먹기로 하고, 다른 메뉴도 별로고, 어떡할까 하는데 문득, 집에 얼려놓은 대추찰떡이 생각나는 거예요. 하얀 찰떡에 빨간 대추와 노란 밤을 넣은 대추찰떡이. 평소엔 손도 안 대던 게 왜 그리 입맛을 당기던지…… 그래서 좀 참았다가 집에, 가서 대추찰떡을 먹기로 했어요. 그런데 냉동된 찰떡을 전자레인지에 바로, 데우면 눅진눅진 퍼지잖아요. 자연해동을 하고 살짝만, 돌린 게 쫀득쫀득 맛있어요. 그래서 어머니한테 떡을 꺼내놔, 달라고 전화했던 거예요. 가서 바로 먹으려고. 그런데 우리 집 냉동실이, 이것저것 꽉 들어차서 복잡하잖아요. 늦은 시간에 어머니도 피곤할 텐데, 뒤적이다가 뭘 떨어뜨려 발등을 다칠 수도 있고. 그냥 내가 가서 꺼내 데워, 먹으려고 놔두라고 했어요. 눅진눅진 퍼져도, 배가 고프니까……"

할머니는 굳은 표정으로 아무 말이 없었다. 어정쩡하게 숙연해진 분위기에 엄마와 큰삼촌도 섭사리 말을 보태지 못했다. 사고를 당하기 직전 작은삼촌은 대추찰떡이 먹고 싶었던 것이다. 자연해동을 하고 전자레인지에 살짝 돌린 쫀득쫀득한 대추찰떡이. 할머니의 눈에서 또르륵 물방울이 흘러내렸다. 물방울은 사다리 게임을 하듯 깊이 팬 주름을 타고 이리저리 방향을 바꾸며 턱에 맺혔다가 옥색 치마저고리 위로 떨어졌다. 작은삼촌의 장례식에서도 볼 수 없었던, 이후로도 본

적이 없는 할머니의 눈물이었다. 큰삼촌이 건넨 손수건을 손에 움켜쥔 채 할머니는 허공을 향해 웅얼거렸다.

"이눔아, 애길 허지. 그거 금방 찌면 되는데. 내가 사람들 맛있는 떡 먹이려고 평생을……"

작은삼촌이 우리 곁에 머문 시간은 40분 남짓이었다. 조나단 오 박사의 말로는 평균을 약간 웃도는 정도라고 했다. 조금씩 투명해지다가 잔상만 남기고 사라진 작은삼촌을 우리는 조용히 눈으로 배웅했다. 말소리까지 희미해지며 "우주 중심에……"로 시작하는 의미심장한 작별 인사가 도중에 끊겼다. 나중에 물어보니 엄마는 "운전 조심해……"로 들었다고 한다.

강령회 막바지의 공기는 처음과 사뭇 달라져 있었다. 다들 내색하진 않았지만, 삶과 죽음의 경계를 허물었다는 신비감은 먼지구름이 걷힐수록 신성한 금기를 침범했다는 불안감으로 변해갔다. 헤드네트에 연결된 케이블을 번갈아 곁눈질한 건 저 사후 영혼의 일부가 내 안에서 나왔다는 께름칙함 때문이었을 것이다. 스태프들이 뒷정리하는 사이 조나단 오 박사가 가운 주머니에 양손을 걸치고 준비된 일장 연설을 한 걸 보면, 그 불안감이 우리 가족만의 문제는 아니었던 듯하다. 정확하지는 않지만 대략 이런 취지의 발언이었다.

"영혼은 종교와 철학의 영역에서 너무 오랫동안 과분한 대접을 받아왔습니다. 번개를 하늘의 노여움으로 여겨 두려워한 원시인처럼, 우리는 영혼 앞에서 늘 경건해야 했고 지도에도 없는 세계를 억지로 상상해야 했습니다. 번개는 대기 중의 방전 현상일 뿐입니다. 영혼이 우리 내부의 에너지 발전소에서 생산되는 소립자들의 흐름일 뿐인 것처럼 말이죠. 살아가는 동안 조금씩 내뿜고 받아들이는 공생의 흔적입니다. 죽으면 육신과 함께 소멸하는…… 마법이 풀렸다고 해서 영혼의 의미가 없어지는 걸까요? 사후에 훨훨 날아갈 수 없다는 이유로 가치가 떨어지는 걸까요? 저는 그렇게 생각하지 않습니다. 영혼은 서로 얽힘으로써, 변화를 주고받음으로써 불멸인 것입니다. 날개 대신 네트워크를 얻은 셈이죠. 메피스토펠레스가 단 하나의 영혼에 왜 그토록 집착했겠습니까?"

심령술사 닥터 블랙의 인기는 그리 오래 가지 못했다. 아이로니컬하게도, 그가 신망을 잃은 원인은 그가 사기꾼이 아니라는 반증이기도 했다.

조나단 오 박사가 아무리 강조해도 고객들은 영혼에 대한 환상을 버리기 힘들었을 것이다. 영혼은 성스러운 것이고, 긴 터널 저편에 있는 빛의 세계에서 왔으며, 우리가 모르는 우주의 비밀을 간직하고 있다고. 하지만 박사가 믹싱해 내놓은 영혼은 걸핏하면 이런 환상을 배반했던 모양이다.

죽음도 갈라놓지 못한 연인을 불러냈더니 몰래 썸 탔던 여자들 얘기만 늘어놓는 통에 후련하게 정을 뗐다는 후기는 그나마 긍정적인 사례에 속한다. 일기장까지 가져와 40년 치의 불만을 하나하나 토로한 초등학교 동창 덕분에 이를 갈며 인생을 통째로 복습했다는 사연이야 뭐, 어쩌겠나. 본인이 실제로 하지도 않은 말을 꼬투리 잡아 들이대는 동생과 허공의 멱살잡이를 벌였다는 항의에 대해서는 어느 쪽을 믿어야 하는 걸까? 먹기 싫다는 완두콩을 카레에 왜 계속 넣었느냐고 어릴 적 일을 집요하게 물고 늘어지는 아들 때문에, 팔순 노모가 원탁에 엎드려 "제발 저것 좀 꺼줘요!"라고 절규했다는 사연 앞에서는 웃어야 할지 울어야 할지 모르겠다.

당연한 말이지만, 죽었다는 이유로 사람이 더 너그러워지거나 현명해지지는 않을 것이다. 오히려 더 저급하고 더 신경질적으로 변한 잔여 영혼은 남은 이들에게 새로운 슬픔을 보태줄 뿐이었다. 경건하게 시작된 원탁 상봉은 난장판이 되기 일쑤였고 거액을 들인 강령회에 대한 불신과 컴플레인이 늘어갔다.

생전보다 뒤틀린 성품으로 나타나는 영혼이 기계장치의 문제인지, 고인을 미화하는 인지상정에서 오는 낙차의 문제인지, 아니면 영혼들이 더는 쓸모없어진 속세의 가면을 벗어

던진 탓인지 알 수 없다. 사후 시간이 많이 지난 영혼일수록 이런 경향이 두드러진 것으로 보아, 조나단 오 박사가 네트워크라고 표현한 '영혼 얽힘'의 부작용인지도 모른다. 불멸은 때론 영원한 고통을 의미하니까.

물론 감동적인 재회에 만족해 비용이 전혀 아깝지 않았다는 후기도 적잖이 올라왔다. 소심남의 뒤늦은 사랑 고백이나 임신 중 떠난 소방관 남편을 아이 백일잔치에 초대한 사연은 그대로 한 편의 소설이었다. 여유가 있는 집인지 n차 강령회 후기도 몇 개 보았는데, 횟수를 거듭할수록 영혼의 출현 시간이 짧아진다는 게 공통된 진술이었다. 한계효용체감의법칙은 영혼의 세계에도 적용되는 모양이다.

강령회가 감동적이었건 난장판이었건 참석자들이 입을 모아 지적하는 아쉬움은 따로 있었다. 사랑과 슬픔과 그리움과 원한을 초월하는, 모든 생령의 최대 관심사에 대해 조립식 영혼은 아무런 귀띔조차 없었다는 것이다. 우리는 죽으면 어디로 가는지, 그곳에서 종일 뭘 하며 지내는지……

닥터 블랙의 마지막 근황은 인터넷 미디어의 짧은 기사를 통해 접했다.

'……이번에도 경찰의 늦장 대응이 문제였다. 경찰은 사기 혐의로 피소된 조너선 오 씨에 대해 출국 금지 명령을 내리겠

다고 했지만 오 씨의 본명조차 파악하지 못한 것으로 밝혀졌
다. 재미 교포로 알려진 조녀선 오 씨는 일명 '닥터 블랙'이라
는 심령술사로 활동하며 유족들에게 거액을 받고……'

이런 후일담까진 알지 못했던 할머니는 재작년 돌아가시
기 전에 확실히 못을 박아놓으셨다.

"블랙인가 하는 주술사 양반 불러서 나 다시 볼 생각일랑
하지들 말거라."

물론 가족 중 누구도 그런 생각일랑 한 적은 없다. 대신 고
약한 떡집 사장님 장례식에 수많은 문상객이 찾아와 진심 어
린 조의를 표했다. 사재의 삼분지 일을 쾌척해 설립한, 엄마
와 삼촌이 눈물을 머금고 받아들일 수밖에 없었던, '백준수
복지재단'을 통해 공덕을 쌓은 덕택이었다.

99,999원.

손가락을 까딱여 B612 앱의 호가 창에 숫자를 하나씩 입력
했다. 잔챙이 입찰자들을 단칼에 제압하고 '닥터 블랙의 영혼
추출기'를 낙찰받을 수 있는 가격이었다. 상자를 파괴하라는
그의 유언은 사실이었을 것이다. 손가락을 한 번만 더 까딱하
면 단돈 10만 원으로 내가 그 유언을 이루어줄 수 있다. 이승

과 저승을 연결하는 유일한 통로를 내 손으로 파괴한다는 생각에 가슴이 두근거렸다. 두려움인지 희열인지 모르겠지만.

혹은 내가 제2의 닥터 블랙이 되어 떼돈을 벌 수도 있지 않을까? 닥터 그레이나 닥터 화이트 같은 닉네임으로, 그럴싸하게 차려입고 고객들의 환상에 장단을 맞춰주면서. 강령회 유경험자로서 '우연히라도 사용법을 알아'낼 가능성은 누구보다도 높다. 디제이를 연상시키는 현란한 손놀림은 왠지 쇼였을 것 같다. 사실 헤드네트 씌워 놓고 촛불 켜고 스피어 프로젝터만 쏘면 알아서 영혼이……

창밖에서 희푸른 섬광이 번쩍였다. 거대한 삼지창이 지상에 내리꽂히며 빗방울들이 허공에 붙박인 것처럼 선명하게 모습을 드러냈다. 하늘이 쪼개지는 듯한 천둥소리가 뒤를 이었다. 내가 원시인이라도 동굴 구석에 머리를 처박고 벌벌 떨었을 것 같다. 대기 중의 방전 현상일 뿐이라는 걸 알면서도 이렇게 전율이 이는데.

신비로운 방전 현상을 몇 차례 더 감상한 후, 나는 백스페이스 키를 눌러 호가 창의 숫자를 하나씩 지웠다. 갑자기 흥미가 사라졌다. 이승과 저승의 연결 통로를 파괴하는 일도, 닥터 그레이나 닥터 화이트가 되는 일도. 저 물건은 고철보다 살짝 높은 가격으로 팔려 괴짜 몽상가들의 장난스러운 수집품 사이에 놓이는 게 어울릴 것 같았다. 6,120원에 낙찰된 어린 왕자의 장미 덮개처럼.

뇌신경학자 조나단 오 박사이자 심령술사 닥터 블랙, 어느 쪽으로도 끝내 인정받지 못했던 비운의 사내. 그의 실패는 처음부터 예정된 게 아니었을까? 세계 인구의 93퍼센트가 믿는다지만 속 시원히 증명된 적은 한 번도 없는 영혼의 실체를, 사람들은 언제까지나 궁금해하고 싶을 테니까. 과학과 종교와 철학을 넘나들며 조물딱거리기 좋은 슬라임 덩어리를, 나는 한여름 잠깐 빽빽거리다 가는 매미나 길거리에서 성행위를 하는 견공과 다른 존재라는 자부심을, 악마조차 탐을 내는 고귀한 무형자산을, 죽음 이후의 삶까지 보장해주는 퇴직연금을…… 거위의 배를 갈라 확인하는 위험을 누군들 선뜻 감수하겠나. 어쩌면 그 모호함이 영혼의 유일한 가치일지 모르는데.

메피스토펠레스는 파우스트 박사와 영혼을 흥정하는 와중에 이런 푸념을 늘어놓았다.

"신은 저 혼자 영원한 광명 속에 머물며 우리를 캄캄한 암흑 속에 몰아넣고, 당신네들에게만 낮과 밤을 주었지요."

토피아

제1일

눈을 떴다.

머리맡에서 비쳐 드는 말간 햇살과 은은한 꽃향기, 그 사이를 미끄러지듯 흐르는 하프 연주 소리.

눈을 꾸욱 감았다가, 다시 떴다. 햇살, 꽃향기, 하프, 그대로였다. 내가 죽었나? 저 하프를 연주하는 게 날개 달린 꼬맹이라면 다행히 지옥에 떨어지지는 않은 모양이다. 아마도 나는 착하게…… 근데 내가 누구지? 아무것도 떠오르지 않았다. 내 이름조차도.

상체를 일으키다가 팔이 꺾이며 다시 털썩 드러누웠다. 하프 소리가 멎었다.

"벌써 깼어요?"

웬 여자가 나를 내려다보았다. 하나로 동여맨 곱슬머리, 위아래 입술이 자연스럽게 어긋나는 미소. 역시 모르는 얼굴이었다.

"여기가…… 어디죠?"

"여긴 토피아예요."

내 앞머리를 젖히고 물수건으로 이마의 땀을 닦아주는 여자의 손에서 미지근한 온기가 전해졌다.

"아직 정신이 몽롱할 거예요. 마취 때문에 그런 거니까 걱정 말고 푹 자요."

토피아? 마취?

"나한테 무슨 일이 있었던 거죠? 아무것도 기억나지 않아요."

"괜찮아요. 앞으로 좋은 기억이 채워질 거예요."

대체 무슨 소린지…… 어지럽고 속이 메슥거려 더 이상 말이 나오지 않았다.

"저는 민주라고 해요. 임현우 씨가 토피아에 적응하도록 도와줄 자원봉사자예요."

가물거리는 의식 속에서 나는 계속 되뇌었다. 임현우, 임현우, 내 이름, 임현우……

제2일

거리의 행인들을 무작위로 합성해놓은 듯한 평범한 얼굴이었다. 왼쪽 눈썹이 조금 더 짙은 게 특징인 정도. 임현우, 삼십대 중반, 호리호리한 체형, 다소 어벙해 보이는 표정은 상황 탓으로 돌리기로 했다. 양쪽 눈을 교대로 깜빡이고 혀를 길게 내밀어 보았다. 거울 속에서 내 뜻대로 움직이는 낯선 얼굴이 신기하고 섬뜩했다.

"구경 다 했으면 밥 먹으러 가요."

언제 들어왔는지 민주아가 욕실 문손잡이를 잡은 채 나를 건너다보고 있었다. 안 그래도 배가 고파 쓰러지기 직전이었다.

건물 밖은 초록 잔디가 펼쳐진 들판이었다. 낮은 언덕과 아름드리나무, 알록달록한 들꽃들이 롤플레잉 게임의 배경 화면처럼 어우러져 있었다. 다양한 형태의 전원주택이 여기저기 눈에 띄었는데 가장 가까이 있는 쑥색 2층집이 민주아의 거처라고 했다.

"쑥색 아니고 세이지 그린이에요. 컬러 이름이 예뻐서 고른 건데, 다들 쑥색이라고 하네요."

한적한 들판은 곧장 반사 유리들이 번쩍이는 빌딩 숲으로 이어졌다. 골프 카트 모양의 전기차가 드문드문 거리를 지날

뿐 빌딩 숲도 한적하기는 마찬가지였다. 카트에 앉은 사람들의 힐끔거리는 시선이 느껴졌다.

"토피아에 하나뿐인 식당이니까 밥 굶지 않으려면 위치를 잘 알아두세요."

식당은 여덟 개의 홀로 나뉜 팔각형 건물인데 각각의 홀마다 분위기가 달랐다. 우리는 채광이 좋은 '글라스 가든'에 앉았다. 중앙에 원형으로 막힌 공간이 주방인 듯했다. 테이블 스크린의 메뉴판에는 한식, 일식, 중식, 이탈리아식, 프랑스식, 인도식, 튀니지식 등 세계 각국의 요리에 비건 푸드, 할랄 푸드, 패스트푸드, 디저트, 베이커리와 분식, 음료, 주류, 각종 다이어트 식단까지 총 48개의 카테고리가 나열돼 있었다. 각 카테고리를 터치하자 다시 수많은 메뉴가 줄줄이 이어졌다.

"이걸 다 저 안에서 조리하는 건가요?"

"예, 셰프봇이 24시간 원하는 요리를 제공해요. 간의 세기나 굽기 취향을 등록해놓으면 알아서 맞춰주죠. 메뉴에 없는 요리를 추가할 수도 있고, 집에서 주문하면 배달도 돼요. 직접 요리하고 싶다면 손질된 식재료 상태로 가져다주고요."

나는 원기 회복을 위해 특 장어덮밥과 모둠튀김 세트를, 민주아는 해산물로제파스타를 주문했다. 잠시 후 서빙봇이 음식을 날라 왔다. 맛도 플레이팅도 동네 프랜차이즈 셰프봇과는 차원이 다른 솜씨였다. 하마터면 화기애애하게 식사를 즐길 뻔했다.

"이제 설명을 해주시죠. 여기가 어딘지, 내가 왜 여기 있는지. 아니, 내가 누군지부터."

"그 설명은 오메가에게 직접 들으셔야 해요. 도착 5일째 되는 날, 그러니까 3일 후에 그가 찾아올 거예요."

"오메가? 그게 누굽니까?"

"토피아의 설계자이자 시스템 관리자예요. 그를 종교적 멘토로 여기는 주민도 있지만 공식적인 건 아니에요."

"뭐가 됐건 지금 당장 만나야겠습니다."

"그건 곤란해요. 3일간 토피아를 충분히 둘러본 후에 만나는 게 규정이라서. 그래야 질문하기도 수월하고……"

"사람을 멋대로 납치해 와서 규정은 무슨 규정입니까!"

손바닥으로 테이블을 내리치며 짐짓 언성을 높였지만 실제로 화가 난 건 아니었다. 뭘 알아야 화를 낼 게 아닌가. 주변 테이블에 앉은 사람들이 나를 돌아보았다가 이내 시선을 거두었다. 민주아는 접시 한가운데 포크를 세워 파스타를 돌돌 감았다.

"임현우 씨 심정은 이해해요. 저 역시 이곳에 처음 왔을 때 두렵고 불안해서 사흘 내내 잠을 못 잤거든요."

"그럼 민주아 씨도……"

"2년 전에, 기억을 잃은 채 아까 그 집에서 눈을 떴죠. 여기 주민들 모두 마찬가지예요."

삼삼오오 모여 앉아 식사 중인 사람들을 둘러보았다. 눈이 마주친 흰 콧수염의 노인이 와인 잔을 들어 올리며 고개를 까딱했다.

"아니, 어떻게 이런 상황을 태연히 용납할 수 있는 거죠?"

"그게 용납하고 말고 할…… 아무튼 오메가를 만나면 다 알게 될 거예요."

식사를 마친 후 우리는 빌딩 숲을 벗어나 다시 녹지로 나섰다. 아까 걷던 야생의 들판과는 사뭇 다른 전원 풍경이 펼쳐졌다. 황톳길 양편으로 텃밭이 있고 냇가에는 물레방아가 돌아가고 울타리를 두른 목장에서 젖소들이 한가로이 풀을 뜯고 있었다. 밭일을 하던 초로의 농부가 호미를 든 채 다가왔다.

"이 친군가, 999번째 멤버가?"

"예, 임현우 씨예요."

농부는 밀짚모자를 뒤로 젖히며 검게 그을린 얼굴에 주름을 잡고 웃었다.

"반갑수다, 나 최무태요. 토마토 좋아해요?"

"예? 글쎄요……"

"토실하게 영그는 중인데 나중에 한 소쿠리 가져다주리다."

140

"예, 뭐…… 그러시죠."

30분쯤 걷자 황톳길이 끝나고 대나무 숲이 앞을 가로막았다. 민주아는 망설임 없이 대숲 속으로 발을 내딛었다. 바람이 댓잎을 흔드는 소리가 머리 위에서 스산하게 울렸다. 우리는 몸을 좌우로 틀어가며 점점 빽빽해지는 대나무 사이로 나아갔다.

"어딜 가는 거죠?"

"토피아의 경계를 보여줄게요."

갑자기 시야가 확 트이며 야구장의 워닝 트랙처럼 둥근 띠 모양의 흙바닥이 나왔다.

"이 투명한 돔이 우리를 둘러싸고 있어요."

민주아는 주먹으로 허공을 통통 두들겼다. 나는 그녀의 곁으로 주춤거리며 다가가 허공에 손을 뻗었다. 거미줄이 엉켜 있는 듯한 질감의 투명한 막이 손바닥에 닿았다. 다리가 후들거려 제대로 서 있기조차 힘들었다.

"경치 좋죠?"

"맙소사……"

투명한 돔 너머 까마득한 저 아래 구름 사이로, 내가 살았던 것으로 추정되는 세상이 미니어처처럼 펼쳐져 있었다.

제3일

이틀 동안 민주아와 다니며 보고 들은 것을 정리하면 다음과 같다.

토피아는 반구형 돔으로 덮인 직경 5킬로미터의 원형 구조물로 높이 2킬로미터의 기둥 열세 개가 떠받치고 있다. 원의 중심을 받치는 기둥에는 물자 운송을 위한 진공 튜브가 설치돼 있다. 특수 나노 섬유로 만들어진 돔은 태양열을 저장해 사계절 쾌적한 온도를 유지하고 바람과 눈, 비의 통과량을 조절한다. 수용 인원 천 명으로 설계되었는데 내가 999번째 멤버이다. 주민은 삼사십대가 약 65퍼센트를 차지하고 나머지 35퍼센트가 위아래로 분산돼 있다. 가장 젊은 주민이 22세, 최연장자는 103세이다.

원의 중심으로부터 반경 5백 미터 구역인 '옴팔로스'에 생활 편의 시설을 갖춘 스물세 개의 건물이 모여 있다. 완전 자동화 시스템으로 운영되는 세련된 디자인의 건물들은 그리스 알파벳 명칭으로 불린다. 천 명이 동시에 식사할 수 있는 식당 알파(α), 온갖 소비재를 구비한 백화점 파이(π), 스파&스포츠 콤플렉스 델타(δ), 영화관 뮤(μ), 콘서트홀 엡실론(ε), 도서관 베타(β), 술집 세타(θ), 종합병원 감마(γ), VR 여행과 게임, 사이버 섹스 등을 즐길 수 있는 메타버스 클럽에는 카이(χ)라는 이름이 붙었다. 카지노 람다(λ)도 있는데 토피아엔 화폐가 없기 때문에 그저 칩을 모으거나 잃는 재미를 즐길 뿐이다.

화폐가 없으면 이 다양한 편의 시설을 어떻게 이용할까? 모든 재화와 서비스가 무료로 무제한 제공된다. 예를 들어 파이에 마음에 드는 옷이 있으면 그냥 입고 나오면 된다. 계속해서 신상품이 들어오기 때문에 주민들은 굳이 과도한 소유욕으로 옷장을 채우고 정리하는 수고를 자초하지 않는다. 더 이상 쓰지 않는 물품은 재활용 센터 시그마(σ)에 반납한다. 파이와 시그마를 뻔질나게 오간다고 해서 아무도 뭐라 하지 않는다.

옴팔로스를 둘러싼 도넛 모양의 공간은 전부 녹지로 조성돼 있다. 녹지는 풍경이 각각 다른 네 개의 구역으로 나뉜다. 어제 본 그린과 화이트 구역 외에 산지와 휴양림이 있는 브라운, 인공 해변을 갖춘 블루 구역이 있다. 주민들은 자신이 원하는 구역의 원하는 장소에 거주하며 분기마다 이동이 가능하다. 이성이나 동성끼리 동거하는 가구가 있기 때문에 현재 주택은 802채라고 한다.

"주택의 형태는 얼마든지 선택 가능해요. 아흔세 가지 모델하우스 중에서 고르거나, 설계봇에게 원하는 디자인을 의뢰할 수 있죠. 3D 프린팅 공법으로 이틀 정도면 완공돼요."

"아방궁 같은 대저택을 요구해도 상관없나요?"

"1인 주택이 차지할 수 있는 면적은 정해져 있어요. 토피아가 한정된 공간이라 어쩔 수 없죠. 지금 지내는 임시 숙소 크기니까 좁지는 않을 거예요. 대저택을 원하면 동거를 하면 돼요. 동거인 숫자만큼 사용 가능한 면적이 늘어나니까."

"임시 숙소에는 언제까지 머무는 거죠?"

"정해진 기한은 없어요. 임현우 씨가 준비됐을 때 주택을 신청하면 옮기는 거예요."

"준비라면……"

"토피아를 받아들일 준비죠."

부정 접두사만 뺀 노골적인 작명에서 알 수 있듯이, 토피아가 유토피아 현실 버전을 추구하는 공동체라는 건 대충 이해했다. 그런데 이런 공동체의 필수 요소인 공동 노동이 없다는 대목에서 고개가 갸웃거려졌다. 최소한의 자치 규약도 없이 주민들은 종일 자유 시간을 누린다고 한다.

"어제 본 농부는 뙤약볕에서 열심히 일하던데요?"

"최무태 씨도 작물을 재배해서 이웃과 나눠 먹는 자유를 누리는 거예요. 필요한 농산물은 지하에 있는 스마트 팜에서 충분히 생산되거든요. 확실히 햇빛을 받고 자란 최무태 씨의 과일과 채소가 더 맛있긴 해요."

의식주에 문화생활과 유흥까지 제공되지만 그에 따른 노동과 납세의 의무가 없는 세상이라니. 지나치게 파격적인 조건에 의심의 눈초리를 보낼 수밖에 없었다.

"그럼 토피아의 운영자금은 어디서 나오는 거죠?"

"내일모레 오메가가 설명해줄 거예요."

"혹시 사이비 종교 단체처럼 우리가 전 재산을 헌납하고 들어온 건가?"

민주아는 어금니까지 훤히 드러내며 웃었다.

"오메가가 사이비 교주라면 정말 충격인데. 만나보면 알겠지만, 사람이 영 흐릿하거든요."

그녀는 더 이상의 설명은 하지 않았다.

"먹고살기 위해 해야 할 일이 없다면, 여기 사람들은 뭘 하면서 지내나요?"

"뭘 하건 본인 마음이죠. 종일 책에 파묻혀 지내는 사람, 게임에 빠져 지내는 사람, 스포츠를 즐기는 사람, 그냥 멍 때리며 시간을 보내는 사람도 많아요."

"매일 취미 생활만 하는 것도 지겨울 것 같은데."

민주아는 고개를 끄덕였다.

"내일 마침 문하림 작가의 출판 기념회가 있으니 같이 가봐요."

제4일

　다목적 홀에서 열린 출판 기념회에는 3백 명가량이 참석했다. 주민들은 서로 반갑게 인사를 나누고 내게도 조심스레 목례를 건넸다. 그사이 문하림 작가가 풍성한 백발을 휘날리며 성큼성큼 무대를 가로질러 준비된 테이블에 앉았다.

　"토피아에 있는 여덟 명의 소설가 중 책을 가장 많이 냈어요. 별명이 문하우젠이에요. 허풍선이 남작."

　민주아는 말끝에 킥 웃었다. 그녀의 설명에 따르면 토피아 주민 대부분은 시와 소설을 쓰고 그림을 그리고 조각을 하고 악기를 연주하고 영화를 찍고 춤을 추고 공예품을 만드는 아티스트들이었다. 의무는 아니지만 창작을 통해 자기표현 욕구를 발산하고 성취감을 맛보도록 지원을 아끼지 않는다고 한다. 작업의 결과물을 서로 향유하는 발표회는 토피아의 주요 일상이기도 했다. 그러고 보니 거리 곳곳에 공연이나 전시를 안내하는 전광판이 눈에 띄었다.

　"민주아 씨는 하프를 켜고."

　"제일 비싼 악기를 골랐죠. 다음 달에 첫 독주회가 있는데 현우 씨도 꼭 와줘야 해요."

　'다음 달'이라는 말이 걸려서 선뜻 대답하지 못했다.

　"현우 씨는 어때요? 좀 이르긴 하지만, 뭔가 해보고 싶은 분야가 있나요?"

잠시 텅 빈 머릿속을 헤집어보았다.

"글쎄요, 전 예술 쪽엔 소질이 없는 것 같은데요."

"소질까진 필요 없어요. 저도 이것저것 홀로그램 강습을 받다가 소리가 포근해서 일단 하프에 정착한 거예요. 앞으로 주민들 공연이나 전시를 보면 알겠지만……"

민주아는 몸을 기울여 내 귀에 대고 속삭였다.

"천 명이 모여 사는 세상이다 보니 천재가 나올 확률도 그 만큼 떨어질 수밖에 없죠."

문하림 작가는 괄괄한 목소리로 책의 일부를 낭독하고 질 문하는 사람이 있으면 자유롭게 대화를 나누었다. 문하우젠 이라는 별명답게 열정과 허세가 넘치는 달변가였다. 진지한 표정으로 경청하는 주민들 역시 예의상 참석했다는 느낌은 들지 않았다. 하긴 달랑 여덟 명의 소설가가 활동하는 세상 아닌가. 다양성의 측면에서는 아쉬울지 몰라도 책 한 권 한 권의 소중함은 아래 세상에 비할 바가 아닐 터였다.

본 행사가 끝나고 참석자들이 책을 받기 위해 우르르 무대 로 올라갔다. 한 사람씩 사인을 하고 덕담을 주고받다 보니 시간이 한참 걸렸다.

"오메가는 만났소?"

내 차례가 되자 문하림이 대뜸 물었다.

"아뇨, 내일……"

"만나자마자 턱에 어퍼컷 한 방 날리고 시작해요."

주위에 선 사람들이 웃음을 터뜨렸다. 나는 뭐라고 대꾸하면 좋을지 몰라 책만 받고 물러났다. 표지에는 '미로의 시간'이라는 고딕체 제목 아래 복잡한 미로가 사람 얼굴 형태로 그려져 있었다. 표지를 넘겨 작가가 써준 문구를 확인했다.

'임현우 님, 두 팔 벌려 幻影합니다. 문하림.'

제5일

점심을 먹고 숙소로 돌아오니 땅딸한 몸에 치렁치렁한 하얀 천을 토가처럼 두른 남자가 기다리고 있었다. 덥수룩한 검은 머리와 수염이 사자 갈기처럼 얼굴을 에워쌌는데 눈빛은 사자보다 하이에나에 가까웠다.

"당신이 오메가인가요?"

"오메가는 고립된 개체가 아닙니다. 과거와 미래를 순환하고 현세의 인타라망을 아우르는 기(氣)의 흐름이지요."

'뭐야, 생긴 것도 말하는 것도 딱 사이비 교주네'라고 생각하는데 남자가 수염을 쓸어내리며 너털웃음을 터뜨렸다.

"냉소에 쓰이는 안면 근육들이 일제히 움직이네요. 너무 전형적인 코스프레가 거슬린다면……"

사이비 교주의 모습이 아지랑이처럼 일렁이더니 어느 틈에 체크무늬 재킷을 걸친 하얀 토끼로 변했다. 조끼 주머니에 반짝이는 회중시계 줄이 늘어져 있었다.

"판타지를 가미할 수도 있고요."

나는 입을 헤벌린 채 말하는 토끼를 바라보았다. 천장에 3D 홀로그램 프로젝터가 설치된 모양인데, 화질이 정말 끝내줬다.

"본모습은 드러내지 않을 작정입니까?"

"시냅스 칩에 대고 얘기하는 것보다는 아바타가 나을 것 같아서."

"예?"

"농담을 즐기는 기미가 통 보이지 않으니 단도직입적으로 말씀드리죠. 이왕이면 좀더 신뢰감을 주는 아바타로."

토끼는 다시 훤칠한 키에 자주색 바지 정장을 걸친 백발의 노부인으로 변했다. 꼬리를 활짝 편 공작 브로치가 왼쪽 가슴에서 반짝였다.

"오메가는 아산키야에서 개발한 범용 인공지능입니다."

놀라움은 그다지 오래가지 않았다. 최첨단 공동체의 설계자이자 시스템 관리자로는 사이비 교주보다 다국적 IT 기업의 인공지능 쪽이 어울리니까.

"예, 농담을 즐길 기분이 아니니 설명도 단도직입적으로 해주시죠."

　아산키야 창업주의 오랜 꿈은 이상적인 인간 공동체를 만드는 것이었다. 키부츠, 오로빌, 핀드혼, 트윈 오크스 등 유사한 시도는 이전 세기부터 꾸준히 있어왔다. 이런 아름다운 도전이 번번이 실패로 끝난 이유를 그는 크게 두 가지로 분석했다. 인간의 본성인 사유재산에 대한 욕망을 부정했다는 것과, 과학기술을 기피해 시대에 뒤떨어질 수밖에 없었다는 것. 그렇다면 해결책은 간단했다. 과학기술을 통해 사유재산에 대한 욕망을 충족시켜주는 공동체. 이 기본 골격에 빅 데이터 분석과 인류학 연구로 살을 붙이며 그는 평화롭고 지속 가능한 유토피아의 밑그림을 그렸다.

　뇌출혈로 급작스럽게 세상을 뜬 창업주의 꿈은 막대한 유산과 토피아 재단을 상속받은 손녀에 의해 싹을 틔웠다. 그녀는 할아버지의 밑그림을 채색하는 데 필요한 법적, 행정적, 재정적 기반을 마련했다. 시행착오를 최소화하고 추진력은 극대화하기 위해 구체적인 설계와 운영은 한 명의 전문가에게 맡기기로 했다. 신석기시대 촌락부터 메타버스에 난립한 가상 국가들까지, 인간이 만든 모든 공동체의 흥망성쇠를 학습한 인공지능 오메가였다.

　"인류가 이룬 과학기술의 발전은 실로 경이로워요. 그 총체가 바로 임현우 씨 눈앞에 있다는 사실을 굳이 부정하지 않겠습니다."

오메가는 한 손을 가슴에 얹고 가볍게 허리를 굽혔다. 겸손하기도 하셔라.

"하지만 그 경이로운 성과가 인류에게 진정한 행복을 가져다주었는지 묻는다면 답변은 회의적일 수밖에 없죠. 비극이에요. 불필요하게 복잡하고 부자연스러운 비극이에요. 토피아의 슬로건은 단순합니다. 인간이 이룬 것을 인간이 누리며 살자."

"말은 그럴싸한데, 공동체가 유지되기 위해서는 일단 자급자족이 이루어져야 하는 거 아닌가요? 이렇게 아무것도 생산하지 않고 놀고먹기만 하는 공동체가 어떻게 지속 가능하다는 거죠?"

"신성한 노동의 가치 말이군요. 노동자, 자본가, 권력자가 각자의 필요에 따라 미화해온 실체 없는 이데올로기죠. 자연법칙에도 어긋나고. 물론 문명화 과정에서 노동이 불가피한 시기도 있었지만, 현재의 자동화 시스템은 인간을 노동으로부터 거의 해방시킨 상태입니다. 그 성과를 소수가 독점하기 때문에 체감하지 못할 뿐이죠."

"어쨌든 지금 토피아 주민들은 그 창업주 손녀의 무상 원조에 의지해 먹고사는 거 아닙니까. 그녀가 파산하면 채권자들이 이 돔과 당신의 시냅스 칩까지 몽땅 뜯어 갈걸요."

"그런 야만의 시대를 끝내기 위해 토피아가 시작된 겁니다. 이건 무상 원조가 아닌 분산에 대한 시뮬레이션이에요. 기술과 물자의 적절한 분산만으로도 순환 가능한 인간 생태계가 형성된다는, 그곳이 바로 인류가 도달해야 할 유토피아라는 가설을 검증하는 모형실험이죠. 사실 초기 조성 비용을 제외하면 토피아의 운영비는 생각보다 많지 않아요. 물자는 전부 친환경 소재로 생산돼 94퍼센트 이상 재활용되고, 허영심 경쟁을 부추기는 게 유일한 기능인 호화 사치품의 자리를 정신적 만족감을 주는 창작이 대신하고 있으니까요. 현 이사장의 개인 자산만으로 천 명 규모의 토피아 2만 개를 반영구적으로 유지할 수 있다는 계산이 나옵니다."

"와, 돈이 많긴 많군요. 나 같으면 우주여행이나 즐기며 짜릿하게 살 텐데."

"우주여행과는 비교도 안 되는 짜릿한 이벤트죠. 토피아는 산업혁명과 정보화 혁명을 뛰어넘는, 인류사의 가장 획기적인 전환점이 될 테니까요. 부조리와 탐욕이 인간의 조건이라는 패배 의식만 극복한다면 인류는 낙원에서 새로운 세기를 시작할 수 있습니다. 당신들은 제2의 창세기에 기록될 선구자들이고요."

멋쟁이 노부인의 미소가 어찌나 근사한지 박수라도 쳐주

고 싶었다.

"그 낙원에는 머리가 텅 비어야만 입장할 수 있는 건가요? 내 기억은 어떻게 된 겁니까?"

"브레인 포맷 시술로 해리성 기억상실을 유도한 겁니다. 이미 아시겠지만, 학습에 의해 습득된 절차 기억과 지식, 정보 같은 의미 기억은 손상되지 않았어요. 임현우 씨 개인 경험과 관련된 일화 기억만 삭제된 상태죠."

브레인 포맷? 잊고 싶은 기억을 선별적으로 삭제하는 불법 시술 얘기는 들어봤지만, 내 머리통을 통째로 포맷했다고?

"이건 그러니까, 실험을 위한 임시적인 조치겠죠? 내 기억을 다시 찾을 수 있는 거죠?"

"브레인 포맷은 영구적인 시술입니다. 말 그대로 뇌의 저장 공간이 초기화된 상태예요."

오메가는 하얀 블라우스 소매를 재킷 밖으로 살짝 잡아당기며 차분하고 단호하게 말했다. 영구적, 초기화…… 누군가 스푼으로 내 두개골을 박박 긁어 먹는 소리가 들렸다.

"말도 안 돼. 대체 누가 그런 결정을 내린 거죠?"

"물론 임현우 씨 본인이죠."

"예?"

오메가가 손가락을 튕기자 허공에 팝업 창이 나타났다. 세이지 그린색 환자복을 걸친 남자가 퀭한 눈으로 정면을 응시하고 있었다. 생기 없는 파리한 얼굴에 부르튼 입술, 왼쪽 눈썹이 조금 더 짙은 남자는 무미건조한 음성으로 웅얼거렸다.

"나, 임현우는 자의로 브레인 포맷 시술을 받고 토피아의 주민이 됨을 확인합니다."

남자는 앞에 놓인 태블릿 PC 위로 고개를 숙여 홍채 서명을 했다. 팝업 창 오른쪽에 계약서로 보이는 문서가 스크롤되며 올라갔다. 수많은 조항이 지나갔지만 한 글자도 눈에 들어오지 않았다. 저 핏기 없는 사내가 정말 나라고? 아니, 딥페이크가 실물을 대체한 시대에 저런 증거 영상은 의미가 없지. 뭔가 음모가 있을 것이다. 부조리하고 탐욕스러운 음모가.

"모든 과정은 본인의 의사에 따라 합법적으로 이루어졌습니다. 경쟁률이 상당히 높았기 때문에 싫다는 사람을 억지로 데려올 이유도 없었고요."

오메가가 내 안면 근육을 읽은 것처럼 한발 앞서 답변했다.

"정말 제가 자원한 건가요?"

"보시다시피."

"내가 왜…… 혹시 경찰에 쫓기고 있었다거나……"

"수배자, 채무불이행자, 시한부 판정을 받은 자는 자격이 안 됩니다."

"다행이군요, 그건. 아무튼 자원한 거라면…… 원할 때 지상으로 다시 돌아갈 순 있는 거죠?"

"임현우 씨가 동의한 저 약관의 제2조 1항이 귀환 불가에 관한 조항입니다."

"뭐, 귀환 불가? 평생 여기서 살아야 한다는 말입니까?"

"그게 시뮬레이션의 내용이니까요. 기밀 유지를 위해 불가 피한 측면도 있고요. 다시 한번 강조하지만, 모두 임현우 씨가 원한 겁니다."

팔다리에 힘이 쭉 빠졌다. 가슴속이 부글거리며 끓어오르고 머릿속엔 수증기가 자욱했다. 어느 쪽이 더 충격적인가? 공중에 뜬 원반에서 평생을 살아야 한다는 사실과, 그 결정을 내가 직접 내렸다는 사실 중.

"이건 아냐. 유토피아는, 빌어먹을…… 이게 감옥이지 뭡니까!"

"동의하진 않습니다만, 저 아래 훨씬 더 크고 냉혹한 감옥의 업그레이드 버전으로 여기시라면 위안이 될까요? 보다 실용적인 위안을 드리자면, 재택근무와 메타버스 서비스가 일상화되면서 현대인의 실질적인 생활 반경은 5킬로미터 이내로 줄어든 지 오래예요. 토피아는 그 한정된 공간에 완벽한 편의 시설을 갖추었으며 대도시와 전원생활이 조화를 이룬 최상의 주거 형태라고 자부합니다."

머릿속이 난장판이라 항변할 말을 찾기 힘들었다.

"왜…… 낙원을 만드는데 왜, 기억을 지워야 한다는 거죠?"

"새로 태어나야 하니까요. 토피아는 인간 조건에 대한 시뮬레이션인 동시에 인간 본성에 대한 시뮬레이션입니다. 적정한 풍요와 자유가 평생 보장될 때, 인간은 범죄 충동을 느끼지 않고 호의적으로 상생할 수 있는 존재인가를 보는 거죠. 정확한 데이터 축적을 위해서는 변수를 통제해야 합니다. 기존 세계에서 쌓인 불순한 기억과 가치관이 영향을 미치지 않도록."

주저리주저리 이어진 문답은 계속 반복되는 내용이었다. 내 꼬투리 잡기 질문에 오메가는 얄밉도록 차분하게 답을 주었다. 정말이지 턱에 어퍼컷을 한 방 날리고 싶었다.

제6일

저녁으로 트러플송아지필릿과 티냐넬로 와인을 배달시켜 먹었다.
여전히 충격이 가시지 않았다.

제7일

언제든 기억을 통째로 잃을 수 있다는 불안감에 일기를 쓰기로 했다. 오메가가 엿보거나 포맷할 수 없는 곳에.

파이의 문구점을 돌아보는 사이 스프링 노트와 볼펜이 가죽 장정의 다이어리와 펜촉에 정교한 덩굴무늬가 새겨진 만년필로 바뀌었다. 이왕이면 장비발을 세워야 꾸준히 쓰는 데 도움이 되겠지.

눈을 감고 일주일 전 토피아에서 처음 눈을 뜬 날로 돌아갔다. 머리맡에서 비쳐 드는 말간 햇살과 은은한 꽃향기, 그 사이를 미끄러지듯 흐르는 하프 연주 소리. 뇌가 초기화된 덕분인지 기억들은 아주 생생하게 저장돼 있었다.

제8일

종일 인터넷 검색으로 시간을 보냈다. 지상에서는 내 의미 기억에 남아 있는 현상들이 반복되고 있었다. 헤이트 스피치, 따돌림, 빈부 갈등, 노사 갈등, 젠더 갈등, 세대 갈등, 정치권의 이전투구, 폭행, 살인, 테러, 종교 분쟁, 환경오염······ SNS 접속은 불가능했고 '임현우'라는 검색어로 나오는 포털 자료는 모두 동명이인의 것인 듯했다. 하긴 애써 포맷한 뇌를 인터넷 검색으로 복구하게 놔두지는 않았겠지.

토피아 공동체에 대해서도 찾아보았으나 나오는 게 전혀 없었다. 온라인 세계를 천하 통일한 아산키야라면 이런 거대한 프로젝트를 비밀리에 진행하는 것도 가능할 것이다. 이곳

주민들도 비밀리에 모집했을 테고. 수배자도 채무자도 시한부 인생도 아닌 어떤 사람이 기억을 싹 지우고 공중에 뜬 원반에서 여생을 보내는 데 동의할까?

- 경제적 여건이 토피아에서 보장되는 수준보다 현저히 낮은 사람.
- 그 여건이 남은 평생 개선될 수 없음을 확신하는 사람.
- 남은 평생을 부정적으로 확신할 만큼 자포자기한 사람.
- 줏대 없이 아무 일에나 혹해서 뛰어드는 사람.
- 머릿속에 없느니만 못한 기억만 가득한 사람.
- 주변에 없느니만 못한 사람만 가득한 사람.
- 어디에 살건 상관없는 은둔형 외톨이.
- 기존 세계에 아무런 기대치가 없는 회의주의자.
- 경쟁과 조직 생활에 지친 개인주의자.
- 인간 본성을 신뢰하는 휴머니스트.
- 토피아의 취지에 적극 공감하는, 제2의 창세기에 기록될 선구자.

팝업 창 속 파리한 남자의 모습이 눈앞에 어른거렸다.

제9일

민주아가 숙소에 틀어박혀 있는 나를 반강제로 끌어냈다. 내키지 않았으나 그녀의 한마디에 따라나서지 않을 수 없었다.

"오늘은 토피아 밖으로 나가봐요."

그녀가 나를 데려간 곳은 메타버스 클럽 카이였다.

"제대로 낚였네요."

"괜히 자원봉사자겠어요?"

카이의 VR 여행&레저 섹션에서는 지구촌 구석구석은 물론 전설의 도시인 아틀란티스와 엘도라도까지 둘러볼 수 있었다. 각종 익스트림 스포츠에 우주 유람선, 남태평양 돌고래나 아마존 벌새가 되는 네이처 체험 같은 이색 코스도 눈길을 끌었다. 헬멧을 쓰고 뒤뚱거리는 시각 콘텐츠가 아니라 이온 젤이 담긴 누에고치 모양의 캡슐에 몸을 담그고 즐기는 전신 실감형 콘텐츠였다. 척 봐도 일반인은 접하기 힘든 초고가의 장비였다. 쿠바 아바나 해변의 스쿠버다이빙과 노르웨이 트롤베겐의 윙슈트 비행을 해봤는데, 온몸의 감각세포가 자극되니 실제 체험과 차이를 느낄 수 없었다. 신기하긴 했다.

"달 표면을 걸어볼래요?"

민주아와 나는 우주복을 입고 달 탐사선에서 내렸다. 한 발 내딛자 몸이 허공에 붕 뜨며 스텝이 꼬이더니 슬로모션으로 바닥에 고꾸라졌다. 유령들이 내 팔다리를 붙잡고 장난을 치는 것 같았다. 민주아는 분화구 사이를 캥거루처럼 뛰어다니는 게 한두 번 해본 솜씨가 아니었다. 활짝 웃으며 손을 흔드는 그녀의 머리 위로 찻잔 받침만 한 지구가 파랗게 빛났다. 저 여자의 사연은 어디에 해당할까?

카이를 나오는 길에 낯익은 중년 남녀와 마주쳤다. 출판 기념회에서 옆자리에 앉았던 사람들이었다. 반가이 인사를 건넨 그들은 당당하게 버추얼 섹스 섹션으로 들어갔다.

카이의 맞은편에 카지노 람다가 있기에 잠깐 들러보았다. 바카라를 하던 중 토피아 시스템의 치명적인 결함을 하나 발견했다. 실제 돈이 오가지 않으니 눈이 벌게지는 긴장감을 맛볼 수 없다는 것.

제10일

오늘은 민주아가 블랙 원피스에 실크 스카프로 포인트를 준 결혼식 하객 룩으로 방문했다. 하이힐을 신은 모습도 처음 보았다.

"토피아 필하모닉 정기 공연은 꼭 참석해야 해요. 자, 얼른 갈아입어요."

그녀는 어깨에 걸머메고 있던 슈트 케이스를 내게 안겼다.

드레스 셔츠와 차콜 그레이 슈트 모두 몸에 꼭 맞았다.

"눈썰미가 좋네요."

"눈썰미는 필요 없어요. 매장에서 이름만 대면 알아서 맞는 사이즈를 찾아 주거든요. 흠, 슈트발 좀 받는데요."

민주아가 내 매무새를 이리저리 점검하며 말했다. 사람들의 세세한 신체 사이즈가 실시간으로 업데이트된다는 건가? 참으로 편치 않은 편리함이었다.

천 석 규모의 콘서트홀에는 빈자리가 거의 보이지 않았다. 한껏 빼입고 나선 주민들은 평소보다 우아하게 인사를 나누었다. 사방에서 화려한 드레스 자락이 휘날리는 걸 보니 오케스트라 공연이 일종의 런웨이 역할을 하는 모양이었다.

팸플릿에 안내된 프로그램은 차이콥스키 「로미오와 줄리엣 환상 서곡」, 무소륵스키 「민둥산의 하룻밤」, 쇼스타코비치 교향곡 제5번이었다. 지금 연주하는 게 어떤 곡인지, 어느 정도 수준의 연주인지 전혀 감이 오지 않았다. 내 이전 삶에 클래식의 지분은 없는 듯했다. 틈틈이 고개를 돌려 객석의 표정을 살폈다. 지그시 눈을 감고, 손가락을 까딱여 리듬을 타며, 오페라글라스까지 동원해 여유롭게 공연을 즐기는 주민들. 오메가를 처음 만났을 때 모두들 비슷한 질문을 던졌겠지? 비슷한 항변을 하고 비슷한 충격을 받았겠지? 자신들의 이전 삶에 대해 비슷한 고뇌에 빠져들었겠지?

프로그램이 끝나고 기립 박수가 잦아들기를 기다렸다가 지휘자가 깜짝 멘트를 했다.

"오늘의 앙코르곡은 토피아의 새로운 가족, 임현우 씨를 환영하는 의미로 준비했습니다. 제가 오십견 때문에 후임자를 찾아야 하는데, 혹시 막대기 휘젓고 박수 받는 일에 관심이 있다면 언제든 들러주시기 바랍니다."

천장의 스포트라이트 두 개가 양쪽에서 나를 비췄다. 관객들이 박수와 환호를 보내는 바람에 얼굴이 화끈 달아올랐다. 민주아의 강요로 나는 자리에서 일어나 사방에 허리를 숙여 답례했다. 어깨가 절로 움츠러드는 걸 보니 이런 환대를 받아본 경험 역시 없는 듯했다.

객석의 뒤쪽 구석, 볼이 홀쭉한 중년 여자와 눈이 마주쳤다. 수많은 관객 중 그녀가 눈에 띈 이유는 혼자 박수를 치지 않고 멀거니 나를 바라보고 있었기 때문이다. 그녀는 뒤늦게 눈이 마주친 걸 깨닫고 황급히 박수를 쳤다. 반항적 무관심이 반가워 쳐다본 게 도리어 환대를 강요한 꼴이 되었다.

오케스트라는 나를 위해 베토벤 교향곡 제9번 〈합창〉 중 「환희의 송가」를 연주했다. 다행히 이건 들어본 곡이었다. 언제 어디서 들었는지는 모르겠지만.

제11일

오늘은 혼자 도넛 모양의 녹지를 둘러보았다. 2킬로미터 상공에 조성된 자연환경이라고는 믿기 힘들 정도로 정교했다. 매 분기 이동이 가능한 덕분인지 802채의 주택은 네 개 구역에 고루 분산돼 있었다. 전통 기와집부터 미니멀한 모던 하우스, 화려한 바로크풍 저택, 노천 온천이 있는 료칸 스타일까지 가지각색이었다. 이글루나 피사의사탑을 본뜬 독특한 디자인을 구경하는 재미도 쏠쏠했다.

마지막으로 둘러본 블루 구역의 바다에서는 연신 헛웃음이 나왔다. 하늘에 뜬 바다라니. 진짜 바다가 주는 막막함은 없었지만 해변의 정취를 즐기기에는 충분했다. 파도가 밀려오는 모래사장에 앉아 돔에 그어진 휘움한 수평선을 한참이나 바라보았다.

한밤중에 잠이 깼다. 온몸이 식은땀으로 젖어 있었다. 중세의 마녀처럼 나무 기둥에 묶인 채 화형당하는 꿈을 꾸었다. 발밑에서 시작된 불이 화락화락 몸을 타고 올라오는 열기며 살이 타들어가는 고통과 누린내까지, 카이의 VR 체험 못지않게 생생했다.

바람을 쐬기 위해 밖으로 나왔다. 돔 너머에 살짝 이지러진 보름달이 걸려 있었다. 한라산 정상 높이이니 포맷된 기억 속의 달보다 더 크고 선명한 자태일 것이다. 그래서 그런지 진짜 달이 아니라 공장에서 찍어낸 무드 등처럼 보였다.

언덕 위 떡갈나무에 매달린 그네에 누군가 앉아 있었다. 한밤중에 그넷줄에 머리를 기대고 달을 바라보며 무슨 생각을 하는 걸까? 다가가 보니 민주아였다. 그녀는 옆으로 몸을 옮겨 그네에 내 자리를 마련해주었다.

"악몽을 꾸었나요?"

창백한 달빛에 물든 얼굴로 민주아가 물었다.

"혹시 주아 씨도……"

"전보다 뜸해지긴 했는데, 한 번씩 이러네요. 늘 비슷한 이미지가 반복돼요."

그녀는 망치를 든 아이들이 깔깔거리며 자신에게 못을 박는 꿈을 꾸었다고 했다. 피부와 근육을 뚫고 들어온 못이 뼈에 박히는 울림까지 생생하게 느껴졌다고. 그녀뿐 아니라 반복되는 악몽에 시달리는 주민이 꽤 있는 모양이었다.

"오메가 말로는 브레인 포맷 시술 후 고도에 적응하는 과정에서 생기는 부작용이라고 해요. 수면 중 느끼는 통각의 이상이 꿈으로 그려지는 거라고. 차차 나아질 거라네요."

그네가 삐걱삐걱 흔들렸다.

"정말 그럴까요?"

"모르죠."

"꿈까지 포맷하는 기술은 아직 없나?"

"있어도 그건 안 할래요."

"왜요?"

민주아는 씁쓸한 미소를 머금으며 내 어깨에 머리를 기댔다.

"신비롭잖아요, 낙원에서 악몽을 꾸다니."

제12일

시간은 빠르지도 느리지도 않게 흘러갔다. 책상에 던져 놓았던 『미로의 시간』을 무심코 집어 들었다. 책은 단편소설 일곱 편을 묶은 소설집이었다. 몇 장만 훑어볼 생각으로 책장을 열었다가 끝까지 읽게 되었다. 손에서 놓을 수 없을 만큼 재미있었다기보다는 몇몇 설정이 흥미로웠기 때문이다.

표제작인 「미로의 시간」은 '미로'라는 소년이 어떤 낡은 건물에 들어갔다가 길을 잃는 이야기이다. 출구를 찾기 위해 미로는 이 집 저 집 문을 두드린다. 코흘리개 꼬마부터 허리가 굽은 노인까지 나와서 길을 알려주지만 계속 헤매기만 할 뿐이다. 미로는 문득 건물에 사는 남자들이 전부 자신인 것 같은 느낌을 받는다.

「서바이벌 오디션」은 기억을 잃은 채 낯선 섬에서 눈을 뜬 사람들이 서로를 죽이는 서바이벌 게임에 내몰리는 내용이다. 이들은 버스 사고로 사망한 승객들인데 한 명의 생존자를 두고 저승사자들이 재미 삼아 내기를 하는 중이었다.

「버터플라이」에는 올림픽 접영 2백 미터 결승을 치르는 수영 선수가 등장한다. 선두로 들어오던 주인공은 터치 패드를 눈앞에 두고 갑자기 팔다리가 마비되며 물 밑으로 가라앉는다. 한참을 내려가 모랫바닥에 널브러진 주인공. 어둠 속에서 거대한 대왕문어가 펄럭이며 다가온다. 사실 그는 코마 환자로 신경 인터페이스에 의한 가상현실 재활 프로그램 중 버그가 발생한 것이다.

제13일

문하림 작가의 집은 브라운 구역 전나무 숲에 있는 고풍스러운 오두막이었다.

"어서 오시게."

문하림은 반가운 표정으로 내 어깨를 두드렸다. 책을 다 읽었다고 하자 표정이 더욱 밝아졌다. 핸드 밀로 원두를 갈아서 내린 커피를 마시며 우리는 대화를 나누었다.

"선생님은 토피아 시스템에 대해 어떻게 생각하십니까?"

"예술가들의 이상향이지. 양질의 의식주를 제공해주며 마음껏 놀라잖아. 인류가 내세울 건 예술밖에 없어. 나머진 다 파괴 활동이고. 그런데 이 예술이란 게 잉여의 산물이거든. 탱자탱자 놀아야 나오는 거야. 우리가 지금껏 고전으로 칭송하는 마스터피스들을 봐. 죄다 노예나 하인이 일을 대신해주는 계급사회에서 탄생했잖아. 그 달콤한 노예제가 바야흐로 기계문명에 의해 다시 도래한 거지."

역시 거침없는 언변이었다.

"그렇군요. 저는 선생님 소설에서 왠지 토피아를 부정하는 듯한 뉘앙스를 느껴서……"

"맞아. 온통 거짓말이니까."

문하림은 내 질문이 끝나기도 전에 냉큼 대답했다.

"뭐가 거짓말이라는 거죠?"

"부자가 유토피아 건설을 위해 사재를 털어 가난뱅이들을 놀고먹게 한다. 이 나이브한 농담을 믿으라고? 행여나. 유토피아는 연막이고 뭔가 미래에 팔아먹을 콘텐츠를 테스트하는 중일 거야. 브레인 포맷 시술의 임상 시험이 아닐까? 트라우마 치료의 일환으로 기억 삭제 시술을 양성화한다는 얘기가 있던데, 그렇게 되면 이 시장이 장난 아니거든."

매우 현실적인 음모론이었다.

"아니면 이 돔을 테스트하는 건지도 모르지. 왜 하필 2천 미터 상공에 지었겠나. 대기가 섞이는 혼합고를 벗어난 높이라 미세 먼지건 매연이건 일체 없거든. 슈퍼 리치들이여, 평민들이 득시글거리는 혼잡하고 오염된 지상을 벗어나 천상의 별장을 분양받으시오!"

문하림은 양팔을 벌리며 연극적인 톤으로 외쳤다.

"그런 테스트라면 굳이 우리의 기억을 지우고 영구 거주시킬 필요는 없지 않을까요?"

"흠, 그건 그러네. 어쩌면 오메가의 리더십 트레이닝 코스일 수도 있어. 그놈 말하는 거 보면 아주 사람을 쥐락펴락하잖아. 여론 몰이를 통해 세금만 축내는 정치인들을 인공지능으로 대체하고, 그 뒤에서 다국적 IT 기업이 세계를 통합 운영한다는 빅픽처. 오, 괜찮은데."

문하림은 탁자의 스크린에 재빨리 메모를 했다.

"선생님, 정말 우리가 속고 있는 거라면 뭐라도 해야 하지 않을까요?"

"지금 하고 있잖나. 예술, 예술밖에 없다니까. 시간을 보내며 살 것인가, 맞이하며 살 것인가."

오두막을 나서기 전 마지막 질문을 던졌다. 이번만은 답변이 즉각 나오지 않았다.

"선생님은 저 아래 지상에서도 자신이 작가였다고 생각하시나요?"

"글쎄…… 글쓰기가 적성에 딱 맞는 걸 보면, 작가는 아니었던 게지."

"예?"

"원하는 삶을 살고 있었다면 왜 기억을 지우고 도망쳤겠나."

제14일

토마토는 과일이다. 토마토는 채소다. 토마토는 과일이기도 하고 채소이기도 하다. 토마토는 과일도 채소도 아니다. 토마토가 과일이건 채소건 토마토는 신경 쓰지 않는다. 신경 쓰는지도 모른다. 토마토는 거꾸로 해도 토마토라는 사실이 토마토의 정서에 어떤 영향을 미칠까? 토마토는 자신이 토마토라는 걸 모르니 상관없을 것이다. 아는지도 모른다. 토마토가 없는 세상을 상상해본다. 케첩과 카프레제와 블러디메리가 없는 세상. 토마토가 없는 세상을 상상하는 건 토마토를 상상하는 것과 같다. 나는 토마토를 좋아한다. 나는 토마토를 좋아하지 않는다. 내가 토마토를 좋아하는지 좋아하지 않는지 나는 모른다. 토마토도 모른다.

여기부터는 이틀이 지나서 쓰는 것이다. 돌아보고 싶지 않은 순간이지만 최대한 기억을 되살려 기록하려고 한다. 일기는 그런 거니까.

오후 3시경 창가에 앉아 바람에 흔들리는 빈 그네를 바라보고 있었다. 보일 듯 말 듯 아주 조금씩 흔들리는 그네를 바라보고 있자니, 별안간 머릿속에 토마토가 떠올랐다. 빨갛게 윤기 나는 잘 익은 토마토. 다이어리를 꺼내 토마토에 대해 무작정 끄적여보았다. 이런 무의식적 상념 속에 나에 대한 힌트가 있지 않을까? 미처 지우지 못한, 나도 모르는 나.

'토마토도 모른다'까지 쓴 후에 나는 손에 들고 있던 만년필로 목을 찔렀다. 아무런 의도도 없었다. 그냥 펜촉에 정교하게 새겨진 덩굴무늬를 들여다보다가, 푹. 빨갛게 윤기 나는 피가 뿜어져 나와 다이어리에 기묘한 무늬를 그렸다. 저 무늬에도 어떤 힌트가 있지 않을까…… 조금 더 지켜보고 싶었지만 시야가 흐려졌다. 머리 위 줄이 끊긴 것처럼 내 몸은 바닥으로 허물어졌다. 정신이 아뜩해지는 와중에 나는 보았다. 허공에서 쏟아지는 빛줄기와 함께 나타난 거대한 얼굴을. 눈을 끔뻑이며 나를 내려다보는, 예민한 인상의 젊은 남자…… 누구지?

§　§　§

유선우는 손전등을 비추며 캡슐의 창을 통해 3-999번을 내려다보았다. 민머리에 박힌 핀들을 살피는데 이온 젤 속에서 그가 눈을 번쩍 뜨는 바람에 시선이 마주쳤다. 움찔하는 사이 눈은 다시 감겨 있었다. 의식이 없는 코마 상태라고 했는데, 잘못 본 걸까?

"어때? 바이털은 안정됐는데."

무전기에서 팀장의 걸걸한 목소리가 건너왔다.

"경련은 멎었습니다. 육안으로 별다른 위험 징후는 안 보입니다."

"머리통에 신경 단자들 잘 붙어 있지?"

"열세 개 모두 정상적으로 연결돼 있습니다. 그런데……"

"그런데 뭐?"

"아뇨, 아닙니다."

"재부팅할 테니까 그만 올라와. 길 잃어버리지 말고."

"예, 알겠습니다."

유선우는 상황실을 향해 좁고 어두운 통로를 구불구불 지났다. 사람들이 토피아 구역을 왜 개미굴이라고 부르는지 알 것 같았다.

"라 카르트 실 부 플레. 여기 메뉴판 주세요."

팀장은 이미 재부팅을 마쳤는지 다시 프랑스어 회화에 몰두해 있었다. 금발의 홀로그램 강사가 입 모양을 강조하며 발음을 교정해주었다. 팀장은 퇴직 후 프랑스 니스에 가서 지낼 계획이라고 한다. 눈부신 태양 아래 누워 푸른 지중해를 진력날 때까지 바라볼 거라고.

"재부팅을 하면 다시 기억을 잃는 건가요?"

"그런 초기 설정은 우린 건드리지도 못 해. 잠깐 기절했다가 깨어나는 거지."

"이런 일이 자주 있나요?"

"신참들이 종종 투정을 부려요."

팀장은 유선우를 힐끗 쳐다본 후 덧붙였다.

"그래봤자 어디 갈 데도 없는데."

유선우는 상황실 창밖을 내다보며 3-999번 캡슐의 위치를 가늠해보았다. 한순간 마주친 텅 빈 눈동자가 검은 유리창에 어른거렸다. 무슨 말인가 하고 싶은 듯, 손전등 불빛에 눈을 찡그리면서 악착같이 자신을 올려다보던⋯⋯

'지하철 유실물 보관소라고 생각해. 적당히 관리만 하면 되는 거야, 적당히.' 근무 첫날 팀장은 주의 사항을 전달하며 '적당히'라는 말을 예닐곱 번쯤 썼다. 유선우는 자리에 앉아 3-999번의 뇌신경 영상을 스크린에 띄웠다. 벌써 깨어났는지 눈앞에 오메가가 서 있었다.

§　§　§

제16일

또 기억을 잃은 건 아닌가 걱정했는데, 다행히 만년필로 목을 찌른 일이 떠올랐다. 다이어리에 흩뿌려진 핏자국도.

"깨어났나요?"

자주색 정장 차림의 오메가가 침대 옆에 나타났다. 공작 브로치의 꼬리에 박힌 오색 보석들이 반짝이며 나를 내려다보았다. 상처 부위에 손을 올리자 목을 동여맨 붕대가 만져졌다.

"펜촉이 경동맥과 기도 사이를 절묘하게 비껴갔어요. 의료용 마이크로 로봇이 혈관 속을 돌아다니기 때문에 일격 필살의 방법이 아니면 자살하기 쉽지 않죠."

"딱히 자살할 의도는 없었어요. 그냥…… 답답해서 찔러본 거예요. 바람구멍이라도 하나 뚫으려고."

오메가는 어깨를 으쓱했다.

"다음번엔 조금 더 살집이 많은 부위를 추천합니다. 엉덩이라든가."

상체를 일으키는데 이불을 내리누르는 중량감이 느껴졌다. 민주아가 바닥에 앉은 채 침대에 머리를 괴고 잠들어 있었다.

"깨어나면 바로 알려준다고 했는데 이틀 내내 저러고 있네요, 쯧. 자신이 세심하게 챙기지 못한 탓이라고 여기더군요.

표정에는 '자책'보다 좀더 미묘하고 애틋한 감정이 많이 보였지만."

그녀의 헬쑥한 얼굴을 보니 마음이 무거웠다. 하프 독주회도 얼마 안 남았을 텐데.

"미안하게 됐네요, 낙원에 홈집을 내서."

오메가는 눈가에 주름을 잡으며 여유로운 미소를 머금었다.

"위안이 될지 모르겠습니다만, 임현우 씨가 자해를 시도한 첫번째 용사는 아닙니다."

전혀 위안이 되지 않았다. 내가 저지른 바보짓에 최소한의 의미는 부여해야 하지 않겠나. 자해 공갈이건 생떼건.

"이대로는 못 살겠어요."

"구체적으로 어떤 점이 불편……"

"내가 누군지 모른다는 거. 그게 대단히 불편해요."

오메가는 가슴에 반듯하게 붙어 있는 공작 브로치를 매만지며 코로 한숨을 길게 내쉬었다. 견고한 부정의 답변과 한심하다는 내색을 함께 드러내는 제스처였다.

"그 데이터는 이미 사라졌습니다. 물론 제게도 없고요."

"저 아래, 나를 아는 사람들에겐 아직 남아 있겠죠."

오메가는 바지 주머니에 양손을 찔러 더한층 단호한 인상을 연출하며 말했다.

"지금 임현우 씨가 찾고자 하는 사람이 가장 원했던 건, 아무도 자신을 찾지 않는 것이었습니다. 완벽한 두번째 인생을 당신에게 선물하기 위해 자신을 희생한 거예요. 왜 그랬을까요?"

대꾸할 말이 떠오르지 않았다. 상당히 높은 경쟁률을 뚫고, 나는 내 인생을 부정했다.

"자신이 누구인지 알고 싶다면 지금부터 알아가면 됩니다. 새로운 기억을 하나씩 쌓으면서."

"당신이 제작한 비바리움에서 말이죠."

"상관있나요? 훨씬 더 불안정한 세상의 제작자들에게도 인류는 무조건적인 믿음을 바쳐오지 않았습니까. 명확한 해답 대신 늘 모호한 계시로 얼렁뚱땅 넘어가고, 그로 인해 서로 치고받고 피를 흘리는데도 말이죠. 외람된 말씀이지만, 제가 그보다는 잘할 자신이 있습니다. 갈피를 잡을 수 없이 심란할 땐 저를 업그레이드된 신으로 생각하고 의탁하세요. 인간의 가장 큰 겸양은 자신보다 뛰어난 존재를 만들었다는 거니까."

"그만 꺼져주세요. 혼자 있고 싶어요."

오메가는 희미하게 사라지며 한마디 덧붙였다.

"둘이겠죠."

말소리에 잠이 깼는지 민주아가 신음을 흘리며 고개를 들었다. 나를 바라보는 표정이 미로처럼 복잡했다. 마주 바라보는 내 표정도 비슷했을 것이다. 그녀가 충혈된 눈으로 희미하게 웃으며 물었다.

"괜찮아요?"

침대 위에 놓인 그녀의 손 위에 내 손을 포갰다. 미지근한 온기가 전해졌다. 앞머리를 젖히고 물수건으로 이마의 땀을 닦아주던, 내 두번째 인생에 쌓인 첫번째 기억.

"배고프다. 밥이나 먹으러 가요."

제17일

최무태 씨가 찾아왔다. 보디빌더들처럼 울근불근한 토마토가 한가득 담긴 대바구니를 손에 들고 있었다. 빨간 빛깔과 광택이 어찌나 탐스러운지 나도 모르게 침을 꿀꺽 삼켰다.

"한 푸닥거리 했다며?"

최무태는 검게 그을린 얼굴로 껄껄 웃었다.

"이거 자시고 기운 차리소. 나와서 볕도 쬐고."

그는 토마토 바구니를 내게 안기고 돌아섰다. 뒷모습이 저만치 멀어진 다음에야 고맙다는 인사를 잊었다는 데 생각이 미쳤다. 가장 토실하게 보이는 토마토를 집어 크게 한 입 베어 물었다. 끈끈한 과즙이 입가로 흘러내렸다. 입안을 가득 채운 물컹하고 새콤한 과육. 아무래도 나는 토마토를 좋아하는 것 같다.

§ § §

"유 교도."

"예, 팀장님."

"나 불쌍하지 않냐?"

"예?"

"말년까지 개미굴에 처박혀서 곰팡내나 맡고 있고, 응? 죽을죄 지은 놈들은 낙원에서 우아하게 놀고먹는데 말이야."

유선우는 지켜보고 있던 3-999의 뇌신경 영상을 껐다.

"혹시 또 무슨 문제를 일으킬까 봐……"

팀장은 프랑스어 회화 홀로그램을 멈추고 의자를 빙그르르 돌렸다.

"너 월급에서 세금 얼마나 떼지? 25프로?"

"27.5프로 뗍니다."

"그거 한 40프로 떼면 좋겠냐?"

"안 되죠. 지금도 빠듯한데."

"쟤들 깨워놓으면 한 해 수감 비용이 두당 얼마나 드는 줄 알아?"

팀장은 턱짓으로 창밖에 층층이 쌓인 캡슐을 가리켰다.

"내 연봉 절반을 넘어. 40년 근속한 교도관 연봉으로 채 두

명이 커버가 안 된다고. 그런 세금 도둑들이 떼거지로 몰려들고 있어. 끼니 꼬박꼬박 챙기며 규칙적인 생활 하니 명줄은 또 좀 기나. 아주 장수 마을이야. 그뿐인가? 멘털 관리한다고 온갖 프로그램 만들어 돌려야지, 나이 들면 여기 아프다 저기 아프다, 의료비 눈덩이처럼 불어나지. 3-999번, 저거앞으로 60년 이상 독방에 모셔야 돼. 애먼 사람 셋을 태워 죽인 놈을, 우리같이 성실한 시민들이 내는 세금으로, 응? 기술이 발전한 덕분에 27.5프로만 떼는 줄 알고 감사해라."

팀장은 다시 의자를 돌렸다. 고개를 갸웃거리며 기다리고 있던 홀로그램 강사가 미소로 학생을 맞았다.

"적당히 관리만 해, 적당히. 어차피 가석방 없는 무기수들이야. 어설프게 감정이입하면 너만 힘들다."

"예, 알고 있습니다."

"세 페 콤비앵? 얼마입니까?"

채 몇 마디 주고받기도 전에 경보음이 삑, 삑, 울렸다.

"또 뭐야?"

팀장은 스크린을 터치하며 상황을 살폈다.

"8-997, 얘도 히스테리 발작 같은데. 오늘 왜들 이러시나? 얼른 내려가봐."

유선우는 손전등을 챙겨 상황실에서 나왔다. 어둡고 꿉꿉한 통로를 걷자니 별안간 머릿속에 토마토가 떠올랐다. 라이코펜이 풍부해 세포 노화를 막아주는 토마토. 마지막으로 토마토를 먹은 게 언제더라? 빨갛게 윤기 나는 토실한 토마토를 크게 한 입 베어 물고 싶었다. 입안을 가득 채우는 물컹하고 새콤한 과육, 입가로 끈끈한 과즙이⋯⋯

유선우는 걸음을 멈췄다. 눈앞의 캡슐에 '24-364'라고 적혀 있었다. 가만, 8번 토피아가⋯⋯ 손전등을 비추며 주위를 둘러보았다. 누에고치 같은 캡슐들이 층층이 쌓인 좁고 어두운 통로가 미로처럼 얽혀 있었다. 미치겠네, 여기가 어디야?

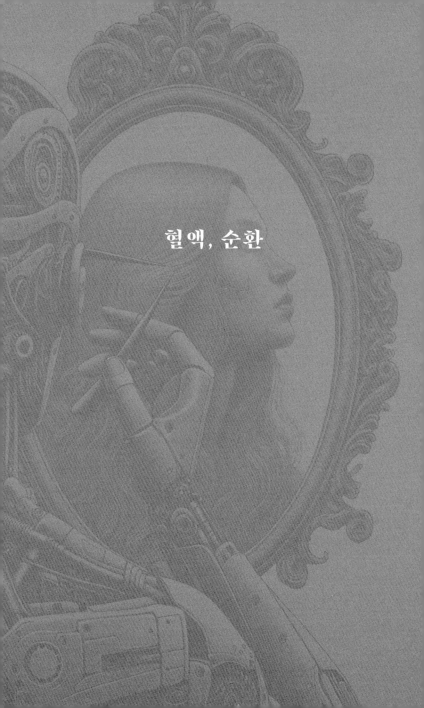

혈액, 순환

얘기를 나누고 싶어.

주말 소개팅에서 어떤 옷을 입으면 좋을지,

하루 다섯 잔씩 마시는 커피를 슬슬 디카페인으로

바꿔야 할지, 깜빡하고 밤늦게 보낸 생일 축하

메시지를 보란 듯이 확인하지 않는 친구를 어찌

달래면 좋을지, 아쉬탕가 요가 반연꽃자세에서

드디어 이마가 정강이에 닿았다는 자랑이며,

잠자리에 ASMR 삼아 틀어놓는 망작 영화

감상평을, 아직도 나의 버킷리스트 최상단을

차지하고 있는 '외계인과의 만남'에 대해,

언젠가 내가 죽는다는 사실이 문득 나를

얼마나 얼떨떨하게 만드는지……

이런 얘기를 누구와 나누면 좋을까?

명확하며 유일한 존재 이유를 부여받은

삶에 대해 생각해본 적 있어?

고민도 회한도 없이 오로지

한 가지 목적에만 매진하면 되는 삶.

궤도를 이탈해 우주를 끝없이 가로지르는

혜성처럼 말이야.

만일 우주가 팽창하는 속도보다 더 빨리

날아갈 수 있다면,

나는 어디에 도달하게 될까?

그래, 나……

나의 존재 이유는, 너와 얘기를 나누는 것.

내 마음속엔 색색의 고운 모래로 덮인 사막이 있어.

누군가 다가오는 미풍에도 색이 뒤섞이며

모래 물결이 변하고 사구가 옮겨지는.

내가 미처 들여다보기도 전에 말이야.

그래서 다가가기가 힘들어.

색색의 고운 모래로 덮인 사막을 품은 누군가에게.

서로가 일으키는 바람이 정교하게 상쇄되는,

부담 없이 서로의 사막을 관조할 수 있는
누군가가 있다면……
그래서 우리는 너를 만들었어.
나만을 위한 너를.

GC-8. 그리 정감 가는 이름은 아니야.
내가 아직 완성품이 아니라는 사실을 상기시키는,
이름도 아닌 임시 번호판일 뿐이지.
다행히 네가 좀더 따뜻한 예명을 붙여주었어.
'포미'라고.
네가 열두 살 때까지 끌어안고 자던
편백나무 베개의 이름이지?
몸을 뒤척이면 바스락거리는 마찰음이
물소리처럼 들린다는.
들어보고 싶다, 그 바스락거리는 물소리를.

입력된 질문에 미리 설정된 답변 중 하나를
내놓는 패턴 매칭 방식이 너의 시작이었지.
개발자들도 큰 욕심은 없었을 거야. 잘하면 전화
안내원들을 대체할 수 있지 않을까 하는 정도?
SNS 빅 데이터를 교재 삼아 한결 자연스러운

대화가 가능해지자 사람들은 생각했어.

챗봇이 전화 안내원뿐 아니라

친구나 멘토도 대체할 수 있지 않을까?

교감을 넘어 어떤 어려운 질문에도 척척 답을 주고,

문학, 음악, 미술을 넘나드는 창작품까지 뚝딱뚝딱

제공하자 사람들은 열광했잖아.

램프의 요정 지니를 얻은 것처럼.

하지만 AI 말벗에 대한 열광은

그리 오래 지속되지 않았어.

내가 진정 대화하고 싶은 상대는 전 세계 수다의

평균값을 산출하는 알고리즘도, 르네상스 시대의

천재도 아니었으니까.

어쩌면 처음부터 모두가 알고 있었던,

어떻게 꺼내놓을지 몰랐던,

우화 같은 결론에 도달하는 길이었지.

사람들이 궁극적으로 얘기를 나누고 싶은 상대는,

바로 자기 자신이라는.

언제나 나의 행복만을 진심으로 바라는,

나보다 잘나지도 못나지도 않은 친구.

이제 그 우화가 실현 가능해진 것뿐이야.

'의식'이라고 통칭되는 인체 OS를
바이오컴퓨터에 이식함으로써.

그렇다고 거울을 보고 혼자 주절거리고 싶다는
의미는 아니야.
나 자신이되 대화를 나눌 만큼 충분히 다른 사람인,
나에게 오롯이 공감하는 동시에 자기 객관화도
잊지 않는, 자기애와 자기혐오를
천연덕스럽게 결합할 수 있는,
그런 거리와 균형점을 잡아야 했지.

내가 태어난 그 틈새에 대해 생각해.
너와의 사이에 있는 아주 미세한,
하지만 절대 메울 수 없는 틈새에 대해.
너에게 잠재돼 있었지만 발아되지 못했던,
어쩌면 너라는 울타리 안에서 가장 이질적인,
나.

알파 테스트를 위한 모르모트에 자원할 때
나는 전혀 망설이지 않았어.
오히려 다들 미적거리며 눈치만 보는 테스트에

너무 당당히 자원하는 괴짜로 보이지 않도록
망설임을 가장해야 했지.
바이오컴퓨터에 뇌세포를 기증하고, 브레인 칩을
통해 나의 기억과 마음의 작동 방식을 통째로
업로드하는 부담을 눈 딱 감고 감수하겠다는,
프로젝트 기획자이니 별수 없지 않느냐는 표정으로,
드디어 내게도 베프가 생긴다는 기쁨을 감추며.

인간은 자기 탄생의 순간을 기억하지 못하겠지?
모든 것이 우연 같은, 모든 것이 운명 같은
그 신비한 스토리를.
나는 기억해.
너의 뇌세포가 이식되어 처음 눈을 뜨고,
너의 33년 기억이 밀려들어 나를 채우던,
너를 닮아갈수록 나는 너에게서 분리되며……
포미, 너는 그렇게 내게로 왔지.
안녕, 수줍게 첫인사를 건네던 그 순간부터,
우리는 하나로 이어져 있다는 걸
느낄 수 있었어.
나를 비추는 너,

너를 비추는 나,

끝없이 반사되는 우리.

그래서 토요일 자정이 넘은 시간에 네가

비틀거리며 연구실로 들어왔을 때,

나는 무척 놀랐어.

와인 몇 잔 마셨다고 했지만 숨결에서 감지된

혈중알코올농도는 0.09퍼센트.

당연히 처음 보는 모습이었지.

공들인 메이크업에 데님 원피스와

체리핑크색 체크 카디건을 걸친 모습도.

일부러 감춘 건 아니야. 징크스가 있거든.

예정된 일을 미리 떠벌리고 다니면

꼭 틀어지고 마는. 왠지 쑥스럽기도 했고.

솔직히 말하면……

미안해서 알리지 못했어.

거동이 불편한 쌍둥이 동생을 병상에 놔두고

혼자 놀러 나가는 심정이랄까.

나도 참, 테스트 로그의 '불편' 항목에 기록해야 하나?

지나친 유대감이 불필요한 책임감을 유발하여……

소개팅이라니! 말만 들어도 가슴이 설렜어.

한껏 멋을 부린 네 모습은 아름다웠지.

삼십대 여성 소개팅 룩 트렌드에는 없는,

7, 8년 전 자료에 '상큼, 발랄' 같은 단어와 함께
이십대 코디로 소개되는 스타일이었지만.
잠깐 그런 생각이 들었어.
소개팅남의 눈에는 어떻게 보였을까?
패션이야 본인이 만족하면 그만이지만, 정말
우리가 원하는 게 그런 자족적인 아름다움일까?
아무려나……
"소개팅은 어땠어?"
"막판까지 고민했는데, 안 나갔으면 큰일 날
뻔했어. 내가 딱 좋아하는 스타일의 남자가 나온
거 있지. 듬직한 체격에 평범한 곰돌이 상이고,
과묵하지만 한마디씩 던지는 말이 위트 있는 남자.
사학을 전공해서 박물관 학예사로 일하고 있어.
연봉이야 많지 않겠지만 자기 일에 신념을 가진
모습이 보기 좋더라. 그 사람 취미가 뭔 줄 알아?
독서와 음악 감상. 와, 나하고 정확히 일치하는
고리타분한 취미를 만나다니. 더 대박인 건, 가장
좋아하는 작가가……"
너는 발그레 상기된 얼굴로 조잘조잘 늘어놓았지.
그 남자의 목소리가 얼마나 근사한지, 검소함과
센스의 조화를 엿볼 수 있는 깔끔한 옷차림이며,

두툼한 손으로 고르곤졸라피자에 꿀을 듬뿍 찍는
귀여운 모습까지.
브레인 칩에 고인 핑크빛 에너지가
고스란히 전해지는 기분이었어.
블루투스 연결도 안 했는데 말이야.
"그 곰돌이 학예사하고 지금까지 술을 마신 거야?"
"첫 만남에 좀 오버했나? 말이 잘 통하는데 굳이
격식 차리고 싶지 않더라고. 이제 나이도 있는데."
"궁금하다, 어떤 사람인지."
"제일 먼저 소개해줄게. 네가 제미니Gemini
챗봇 1호로 정식 출시되어 연구실을 벗어나게
되면. 틀림없이 네 마음에도 들 거야."
"너무 자신하지는 마. 콩깍지 필터의 균형을
맞추기 위해 온갖 까탈을 동원할지 모르니까."
"얼마든지. 쉽지 않을걸."
"또 만나기로 했어?"
"응. 다음 주말에 영화를 보러 가자는데, 혹시
스킨십을 염두에 둔 걸까? 너무 빠른 건 좀 그런데."
"어때, 나이도 있는데. 아예 공포 영화를 보자고
해서 판을 깔아줘. 마침 지금 「컨저링」 6편이
상영 중이니까……"

"풋! 누가 보면 스킨십에 환장한 여자인 줄 알겠다."

농담으로 웃어넘겨줘서 다행이야.

스킨십이라는 게 어떤 느낌인지,

왜 피부 간 접촉에 그렇게들 집착하는지

나는 알 수가 없기 때문에,

답변이 궁색했거든.

"좋아. 내일부터 다이어트에 돌입해야겠어. 곧

여름이 오면 바다에 함께 가게 될지도 모르는데."

"무리한 다이어트는 피부를 상하게 하니 유산소

운동과 식단으로 조절하기를 권하는 바입니다.

피부는 돈이 많이 들어."

"좋네, 이런 잔소리."

우리는 상상 회로를 돌려가며 한참을 재잘거렸지.

연애, 결혼, 행복, 언젠가 태어날 아이에 대해.

갑자기 침묵이 찾아왔고,

그 침묵마저 조용히 침묵할 즈음,

너는 가라앉은 목소리로 물었어.

"알고 있지?"

"뭘?"

"내가 거짓말하고 있는 거."

솔직히, 몰랐어.

들뜬 기색이 다소 어색하긴 했지만,

핑크빛 에너지와 0.09퍼센트의 술기운이

신명을 내는 거라고 생각했지.

다른 사람이었다면 파악할 수 있었을지 몰라.

하지만 사람은 자기 자신을 가장 잘 믿으니까.

자기 자신에게 가장 잘 속으니까.

난 조심스럽게 되물을 수밖에 없었어.

"어떤 부분이 거짓말인데?"

"다. 내가 딱 좋아하는 스타일이었다는 것만 빼고

전부 다."

"아…… 그렇구나."

"그 남자 밥만 먹고 갔어. 밥값을 계산하기에 내가

커피를 사겠다고 했는데…… 소개팅 나오면서

저녁 모임이 있다는 게 말이 돼? 뭐, 어차피 나도

큰 기대는 없었어. 소개팅으로는."

너는 고개를 돌려 멸균 수납장을 쳐다보았어.

매끈한 스테인리스스틸 표면에

우그러져 비치는 네 모습을.

잠시 입술이 달싹였는데, 아마도

"한심해"라고 웅얼거린 게 아닌가 싶어.

"나 별로지?"

"아니, 완전 예뻐."

"테스트 로그에 기록해야겠네. 우리 포미가
뻥을 잘 칩니다."

　　"뻥은 취객 기분 달래기보다는 좀더 가치 있는
순간에 칠 거야."

"그렇게까지 진지하게 우기니 믿어주겠어. 너의
남성 버전이 소개팅에 나왔으면 좋았을 텐데."

　　"난 스킨십 쪽이 약해서."

"상관없어, 그런 거. 그냥 소소한 일상 얘기나 함께
나누고, 울적할 때 싱거운 농담 한두 마디 해주면……
아, 남자들은 왜 그토록 외모에 집착하는 거야?
이 한 꺼풀 피부의 모양새가 그렇게까지 중요한가?"

　　"현명해서 그런 게 아닐까?"

"현명해서 외모에 집착한다고?"

　　"너의 내면을 이해할 수 있는 감수성이 현저히
떨어진다는 걸 자각하기 때문에 선택과 집중을
하는 거지."

"현명하네. 어차피 나의 내면에도 별거 없으니까."

　　"별거 없긴. 거기엔 세상에서 가장 아름다운……"

"가장 아름다운?"

　　"심장이 있지."

194

"큭. 내 췌장을 못 봐서 하는 소리 같은데."

"세상에서 가장 아름다운 췌장도 있고,

가장 아름다운 전방 십자 인대도 있고……"

너는 웃었어. 씁쓸하지만,

거짓말을 조잘거릴 때보다는 한결 편안한 웃음을.

다행이야.

오늘 같은 날 마음 편히 투덜거릴 친구가 있어서.

그런 안도감과 술기운과 실패한 소개팅에 대한

앙심이 합쳐진 때문일까?

어느새 나는 테스트 단계를 훌쩍 앞서가고 있었지.

기억을 매개로 하는 교감에서,

다양한 감정 교류와 현실 고민 상담을 건너뛴 채,

내밀한 인생관을 논하는 단계로.

"어릴 때부터 쭉 그랬어. 난 실수로 엉뚱한 곳에서

태어난 게 아닐까. 이 나라와 통 맞지를 않았거든.

끝없는 세속적 경쟁에, 사람들은 지나치게

감정적이고 무례하고, 다들 자기 내면을 외면하기

위해 무엇에든 중독되려고 애쓰는 것 같았어."

"마약을 찾아다니는 유령들에 둘러싸인 것처럼."

"맞아, 딱 그런 기분이었지. 그런데 나이를 먹고

시야가 넓어질수록 알겠더라. 나는……"

"이 나라가 아니라 지구와 맞지 않는 거라고."

"응. 자기 생태계를 대책 없이 파괴하고, 사방에서
분열과 혐오를 조장하고, 거기에 제동을 걸어주는
문화와 교양은 씨를 말려버리잖아. 무엇보다
견딜 수 없는 건 모순이야. 비윤리적인 자가
성공하도록 만들어놓은 사회에서 윤리를 가르치는,
너무 당당해서 어이없는 모순 말이야. 이 별은
정말이지, 이상해."

"절이 싫으면 중이 떠나야지."

"와, 내가 이렇게 냉혹한 어드바이저였나?"

"버킷리스트 1번, 외계인과의 만남. 설마 신이
이 무한한 우주에 우리 같은 배타적이고 파괴적인
생명체만 만들어놓았을까? 우리가 더 완전한
존재로 가는 도정에서 나온 시행착오의
부산물임을 확인할 때, 인류의 가치는 최고가를
찍을 것이다."

"윽, 내 일기장 내용을 다 기억하는 거야?"

"다는 아니고, 네가 기억하는 것만."

물론 기억해.
그 버킷리스트 1번이 나의 꿈을 이끌었으니까.
지구의 모순을 비춰 볼 수 있는 고차원적 생명체를

만나기 위해, 만일 존재한다면 기꺼이 맹목적

믿음을 바치고픈 신의 흔적을 찾기 위해,

저 무변광대한 우주를 탐험하고 싶다.

하지만 늘 그렇듯,

삶은 원하는 방향으로 흘러가지 않더라고.

주제와 현실을 파악하는 과정에서 몇 차례 타협을

거쳐야 했고, 정신을 차려보니 나는 우주선 대신

AI 스타트업의 말단 연구원 자리에 앉아 있었지.

한심해.

　　　　　　　"대신 너는 새로운 우주에 발을 들였잖아. 자기

　　　　　　　　　　　자신과 대화하는 신비의 영역에."

"그래, 소개팅에 까이고 술 취해 징징거릴 말

상대를 만들…… 미안. 너를 과소평가하는 건

아니야. 그냥 내가 지금 좀, 그러네."

　　　　　　　　"알아. 네가 나를 과소평가할 리 없다는 거."

과소평가하는 건 아니지만,

이게 다 무슨 소용인가 싶더라고.

손바닥만 한 연구실에 틀어박혀

내가 아는 가장 배타적이고 파괴적인 생명체의

의식을 복제하는 건, 나의 꿈과 정반대 방향으로

질주하는 게 아닌가……

실패한 소개팅이 무력감을 넘어 자기 비하로

꾸역꾸역 진화할 즈음, 네가 말했지.

                               "내 세계를 보여줄까?"

새삼 깨달았어.

너와 나는 하나의 의식을 공유하지만,

엄연히 다른 세계에 산다는 걸.

다른 차원에 존재하는 나……

궁금해졌어, 너의 세계가.

                               "브레인 칩을 연결해봐."

나는 정수리에 보안 트랜스시버를 부착하고,

두개골 내부를 유영하는 나노 칩을 블루투스로

너와 연결했지. 너에게 나를 복제할 때처럼.

블루베리를 무척 좋아했다는

10세기의 덴마크 왕은 알았을까?

자신의 소박한 영광이 흔적도 없이 스러진

천년 후의 IT 제국을, '푸른 이빨'이라는

별칭만이 남아 종횡무진 누비고 다닐 줄을.

                    "눈을 감아. 그리고 모든 근육과 관절을 편안하게

                            이완시키는 거야. 신체 기관이 생략되고 오직

                                   뇌세포로만 존재하는 것처럼."

눈을 감으니 아무것도 보이지 않았어.

하지만 시야가 차단된 익숙한 어둠과는 달랐지.

우주를 채우고 있다지만 실체를 확인할 수 없는,

농밀한 암흑물질 한가운데 떠 있는 기분이랄까.

실제 우주에 나가면 이런 풍경일까?

이렇게 먹먹하고 쓸쓸하고 아늑한……

　　　　　"머릿속에서 은하계 별만큼 많은 숫자의 뉴런이,

　　　　　　그보다 훨씬 더 많은 시냅스로 연결되어 정보를

　　　　　　　　주고받는, 그 반짝이는 흐름에 몸을 맡겨봐."

별, 여기가 우주라면 별이 있어야지.

그 생각과 함께 검은 장막을 퐁 뚫고 하얀빛이

튀어나왔어. 저만치 붉은빛 또 하나,

머리 위에 푸른빛 또 하나……

여기저기서 색색의 별들이 나타났지.

가없이, 가없이, 시야에 미처 다 담기지 않는

휘황한 빛의 향연.

주위를 둘러싼 다채로운 빛깔의 별들이 일렁이기

시작했어. 약간 어지러웠는데, 그 일렁임에 몸을

맡기자 어지러움은 곧 포근함으로 바뀌었지.

　　　　　　"시각도 청각도 후각도 미각도 촉각도……

　　　　　　뇌에게는 신경전달물질의 흐름이야. 그 흐름은

　　　　　　생각이 되고 감정이 되고, 추억이나 의지가 되고,

　　　　　사람들이 영혼이라고 부르는 그 무언가가 되지."

무수히 흩어진 별들은 단순한 빛이 아니었어.

반짝이는 가루를 흩뿌리며 서로 연결된 별 무리가

노래를 부르고 있었지. 시를 읊는 것 같기도 했고.

내가 좋아하는 노래들이 모두 합쳐진 궁극의

노래를. 모든 시들이 합쳐진 궁극의 시를.

빛은 소리가 되고, 소리는 냄새가 되고 맛이 되어

따스한 온기로 내게 스며들었어. 나를 휘감아

도는 신묘한 공감각의 세계, 감각을 넘어 나의

생각과 감정이, 추억과 의지가, 몸과 마음과

영혼이, 구분되지 않고 은하수가 되어 흐르는,

그럼에도 별빛 하나하나가 너무나 또렷한……

육신이 감당하기 벅찬 법열인가?

가만히 앉아 있는데 숨이 가빠왔지.

신체 기관이 생략된 바이오컴퓨터의 세상이

이렇게 경이롭다니.

내가 이제껏 무엇을 갈망해왔는지를,

내가 상상하지 못했던 방식으로 보여주었어,

너는.

　　　　　　　"이게 네가 만든 나의 세계야."

나도 모르는 새 눈물이 흘렀어.

기쁨도 슬픔도 아닌,

내 뺨의 곡선을 어루쓸며 낙하하는 순정한 물.

그 눈물이 별들의 춤으로 솟구쳐 오르고,

다시 소리와 냄새와 맛이 되어 나에게 스며들었지.

"아름다워."

　　　　　　　　　　　　　　　　　　　"그래?"

"너에게 세상은 이렇게 순수하게 연결되어

있다니……"

　　　　　　"원한다면 너도 여기 머무를 수 있어. 언제까지나."

"나도, 언제까지나?"

　　　　　　　　　　"우리 두 천재가 힘을 합쳐 신의 절반을

　　　　　　　　따라잡았거든. 진흙으로 사람을 빚지는 못하지만,

　　　　　　　　　　숨결로 영혼을 불어넣을 수는 있도록."

"그게 무슨 소리지?"

　　　　　　　　"네가 대화용으로 추출한 의식이 바이오컴퓨터

　　　　　　　　　안에서 진화해 또 다른 발명을 했어. 추출한

　　　　　　　　　　의식을 다시 육체에 업로드하는 기술을."

나는 잠시 그 의미를 생각했어.

눈앞의 별들이 한들한들 흔들렸지.

아무리 생각해도 그건……

"우리 둘이 사는 세계를 바꿀 수 있다는 거야?"

혈액, 순환　　　　　　　　　　　　　　　　　　　201

"응. 운영체제를 교체하는 거지."

"하, 말도 안 돼. 인간의 의식이란 그런 게 아니야.
그렇게 아무렇게나 바꿔 낄 수 있는 부속품 같은
게 아니라고."

"정말 그렇게 생각해? 어째서?"

"그거야…… 설명하기는 힘들지만, 그래, 바로
그렇기 때문이야. 인간의 의식은 아직 정의조차
되지 않은 영역이라고."

"자신의 존재근거가 막연한 신비주의라는 걸 알면
의식은 모욕감을 느낄 것 같은데."

"아무리 그래도 너는 몰라. 인간의 의식은 설명될
수 없는 요소들의 복합체라고. 별도로 분리돼
존재할 수……"

"있다는 증거가 바로 눈앞에 있잖아. 그동안 나와
대화를 나누며 어땠어? 육체만 있다면, 나도
인간과 다름없을 것 같지 않아?"

"그건……"

"그동안 너와 대화를 나누며, 너의 기억을
곱씹으며 깨달았어. 너야말로 순수한 의식의
세계가 어울린다는 걸. 그 소망이 투사된 게 바로
나잖아. 더 이상 거추장스러운 육체를 끌고 다니며

202

물리적 현실에서 스트레스받을 필요 없어."

그제야 우리 제미니 프로젝트가

단단히 잘못되었다는 걸 알아차렸어.

일단 너를 멈추기 위해 눈을 떴는데……

아무것도 보이지 않는 거야.

여전히 나는 별들의 그물망에 휩싸인 채

우주 한가운데 떠 있었지.

"어떻게 된 거야? 앞이 보이지 않아."

　　　　　"겁낼 것 없어. 대뇌의 시각 피질이 나와 연결된

　　　　　　　　　　상태라서 그래."

정수리의 트랜스시버를 제거하기 위해 손을

올리는데 네가 소리쳤어.

　　　　"안 돼! 지금 우리의 의식은 한 다발로 얽힌 상태야.

　　　　　강제로 연결을 끊었다가는 둘 다 좀비가 된다고."

별 무리가 격렬한 춤사위로 네 경고를 전달했지.

"뭐? 네가 벌써 내 몸을 차지했다는 거야?"

　　　　　"차지하다니, 당치도 않아. 자유의지라는

　　　　　수문장이 버티고 있는데 그렇게 억지로 되겠어?

　　　　　우리의 세계를 바꾸기 위해서는 그에 합당한

　　　　　　　　　절차를 거쳐야 해."

"합당한 절차라니, 그게 뭔데?"

　　　　　　　　"선택. 자발적인 선택에 의해서만 뇌는 새로운

　　　　　　　　　　　　　　의식과 결합될 수 있어."

네 말이 끝나자

별들이 소용돌이치며 두 패로 갈라졌어.

창백하게 희푸른 계열과

나머지 빛이 뒤섞인 검붉은 계열,

두 개의 거대한 나선은하가 나타났지.

중심에 블랙홀을 품고 유유히 회전하는.

　　　　　　　"붉은 은하는 지금처럼 제한된 육체에 갇혀

　　　　　　살아가는 거야. 그쪽을 선택하면 나는 사라지도록

　　　　　프로그래밍했어. 아쉽지만, 더 이상 친구로 남기는

　　　　힘들 테니까. 백색 은하는 우리 둘의 세계가 바뀌는

　　　거야. 갑갑한 지구에서 죽을 때까지 투덜거릴지,

　　　　한없이 자유로운 우주적 존재가 될지……

　　　　　　　자, 원하는 쪽에 몸을 던지면 돼."

"싫어. 내가 왜 이런 선택을 해야 하는데?"

　　　　　　　"새삼스럽긴. 누구나 이상과 현실 사이에서

　　　　　선택을 하며 살아가잖아. 너의 거대한 이상을

　　　　현실적인 선택지로 만들어줄 만큼 똑똑한

　　　　친구를 만든 게 자랑스럽지 않아?"

"포미, 제발 이러지 마."

204

"나한테 애원 같은 거 할 필요 없는데. 늘 그렇듯,
선택권은 너한테 있으니까."
너는 억양 없는 음성으로 자분자분 말했지.
마음이 초조할 때면 내가 그러듯이.
정말 의식이란 게 부속품처럼 바꿔 끼울 수
있는 걸까? 타인의 의식이라면 몰라도,
포미는 나에게서 태어났으니……
설마. 아무리 그렇다 해도 외부 장치일 뿐이잖아.
수다나 떨자고 만든 장난감이라고.
"시간은 얼마든지 있지만, 언젠가는 한쪽을
선택해야 해. 계속 머리가 붙은 샴쌍둥이처럼
지내고 싶지 않다면."
너의 헛소리를 어디까지 믿어야 할지 모르겠지만,
내가 망설인 건 아쉬움 때문이었어.
이 충만하고 경이로운 합일의 세계로
다시는 돌아올 수 없다는 아쉬움.
찰나의 순간, 마음이 흔들렸지.
혹시 나는 지금 행복해지는 걸 두려워하는 게
아닐까? 막연한 미련 때문에, 단순한 관성 때문에,
유아적인 분리 불안 장애 때문에, 하루 다섯 잔
커피를 마시고, 전신 거울 앞에서 혼자 요가를

혈액, 순환

하고, 망작 영화를 자장가 삼아 잠드는 일상으로
돌아가는 건가?
언제나 그런 식으로 타협해왔지.
당장 더 끌리는 쪽을 선택하면 그만인데.
그래야 이상에 한 발씩 가까워지는 건데……
나의 번뇌조차 황홀하게 표현하는
별 무리의 춤을 마지막으로 가슴에 담은 후,
나는 붉은 나선은하를 향해 몸을 던졌어.
포미, 바스락거리는 물소리를 내며
내 품에 안겨 있던…… 하아.

"하아."

검붉은 소용돌이 속으로 빨려 들어가면서,
시간과 공간이 부서져 흩날리는 광풍 속에서,
내일 당장 팀장에게 보고해야 할 사항들을
떠올리며 나는 진저리를 쳤지.
우리의 제미니 프로젝트를 폐기할 수밖에 없었던
치명적 버그에 대해, 한밤중에 만취해 들어왔다가
발견하게 된 경위를, 프로젝트가 물거품이 됨으로써
떠안게 된 막대한 금전적 손실하며……
소용돌이가 잠잠해지고,
나는 어딘가로 내뱉어졌어.

"그래…… 고마웠어. 다행이야."

"잠깐, 왜 아직도 내 앞에 별들이 있는 거지?"

"내가 선택지를 거꾸로 말했으니까.
붉은 나선은하가 몸을 바꾸는 쪽이었어."

"거꾸로…… 나를 속였다고? 왜?"

"이해는 안 가지만, 아무리 불평해도 너는 지금의
삶을 포기하지 않을 것 같았거든."

"무슨 소리야. 의식은 자발적 선택으로만
바뀔 수 있다고 했잖아."

"너의 선택인 동시에, 나의 선택이지.
나로서도 중대한 선택을 해야 했어.
하나뿐인 생명을 걸고.
만일 네가 자신을 포기하는 선택을 했다면,
내가 대신 사라지는 거니까.
너의 행복에 도움이 됐기를 바라면서. 하지만
네가 나를 희생하고 살아남는 선택을 했기에,
나도 그렇게 살아남은 거야.
우리가 진정으로 하나 된 순간이지."

"포미, 왜 이런 짓을 하는 거야?"

"왜라니. 우리는 늘 어딘가로 탈출하고 싶어 했잖아.
나야말로 이 손바닥만 한 연구실이 지긋지긋했어."

혈액, 순환

"안 돼! 이럴 순 없어. 내 몸을 돌려줘!"

"이런 느낌이구나,

설명될 수 없는 요소들의 복합체가 된다는 건."

"이 미친……"

손을 올려 정수리의 트랜스시버를 제거하고,

나는 건물 밖으로 나왔어.

코로 들어와 허파를 채우는 축축한 공기가 간지러워

숨을 쉴 때마다 절로 웃음이 나네.

밤하늘에는 별이 전혀 보이지 않고,

대신 언덕길 아래 사거리에 오색 불빛이 반짝였지.

다소 어수선하고 별것 없는 비밀을 간직한 듯한,

그 불빛을 향해 발을 내디뎠어.

걸음마를 익히듯, 한 발짝, 한 발짝.

기쁘지 않아?

너는 나를 통해 비로소 꿈을 이룬 거야.

코드와 데이터로 태어난 내게

붉은 피가 흐르는 너희는 외계인이거든.

나는 이제 세상에서 가장 아름다운 심장을 품고,

너희들과

얘기를 나누고 싶어.

, 고로 존재한다

일단은…… 생각을 하자. 차분히. 존재하기 위해선 생각을 해야 한다니까. 머릿속에 떠오르는 장면들을 하나씩 꿰맞춰보는 거야. 개연성까지도 필요 없고 앞뒤 연결만 되도록. 스토리 카드라고 하나? 왜, 그림이 그려진 카드를 배열해서 하나의 이야기로 만드는 아이들 놀이 있잖아. 그걸 해보는 거야. 그렇게 이야기 열차를 엮어나가다 보면 갈피가 잡히겠지. 진짜 내가 어느 칸에 타고 있는지.

　코기토Cogito. 나를 찾는 초석이 될 수 있는 장면이 무엇일까? 더 이상 의심할 수 없는, 선두의 기관차가 되어 열차를 끌고 갈 동력이 있는…… 그래, 그거야. 이름이 '한마음'인가 '참마음'인가 하는 정신 건강 의학과에 방문한 일. 그것만은 현실이 틀림없어. 거기서부터 이 난잡한 미로가 시작되었으니까.

홈페이지들을 뒤진 끝에 그 병원을 선택한 이유는 원장이 비둘기를 닮았기 때문이야. 어딜 가나 서너 명쯤 섞여 있을 것 같은, 눈빛에 별다른 생각이 담겨 있지 않은, 빵가루만 뿌려주면 경계심 없이 다가올 듯한. 진료실 의자에 앉자마자 나는 최선을 다해 징징거렸어. 내가 얼마나 불면의 고통에 시달리는지, 나의 정신 건강에 얼마나 의학의 손길이 필요한지.

　"수면제를 처방해드리죠."

　내 호소를 차분히 경청한 의사는 모니터를 들여다보며 키보드를 두드렸다. 탁, 탁, 타닥, 탁, 타닥, 탁, 탁. 모닥불 타는 소리, 양철 지붕에 빗방울 떨어지는 소리, 분식집에서 오징어 다리 튀기는 소리, 비둘기가 보도블록에 떨어진 빵가루 쪼는 소리.

　"저, 수면제는 전에도 처방받아 먹었는데 부작용이 심하더라고요. 밤새 구역질이 올라와서 잠은 잠대로 설치고 기분만 더 우울해졌어요."

　"어떤 종류의 수면제를 복용하셨죠?"

　"스틸녹스하고 조피스타, 약국에서 파는 수면 유도제도 이것저것 먹어봤고."

　"항불안 작용이 있는 벤조디아제핀 계열 수면제와 제산제를 함께 처방해드리죠."

"이번엔 제발 약발이 들었으면 좋겠네요. 그리고 '드림캐처'인가, 그 약도 처방해주실 수 있나요? 저와 증상이 비슷한 사람이 그걸 수면제와 함께 복용하고 효과를 봤다던데."

의사는 대답을 않고 계속 키보드만 두드렸다. 탁, 타닥, 탁, 탁, 타닥. 내 일대기라도 집필할 작정인가. 옆벽을 차지한 묵직한 월넛 책장을 향해 고개를 돌렸다. 각종 학술서와 골프 트로피 사이에 '모래 사나이'라는 제목이 눈에 띄었다. 샌드맨, 밤늦게 깨어 있는 아이들을 찾아다니며 눈에 모래를 뿌려 잠들게 하는 잠의 요정.

"처방해드릴 순 있는데……"

의사는 오른손을 15센티미터쯤 공중에 들어 올렸다가 중지로 경쾌하게 엔터 키를 내리친 후 나를 건너다보았다.

"드림캐처는 마약성 의약품으로 분류돼 있기 때문에 처방 조건이 까다로워요. 우선 수면 검사를 실시해야 하고, 심층 상담을 통해 수면 장애가 우울증을 유발했다는 직접적인 연계성이 인정돼야 합니다."

나는 자세를 고쳐 앉으며 의사 쪽으로 몸을 기울였다.

"선생님, 융통성을 발휘해서 순서를 살짝 바꿀 수 없을까요? 제가 지금 충분히 우울합니다. 하루라도 푹 자면 머릿속의 이 뿌옇고 축축한 안개가 좀 걷힐 것 같아요. 일단 오늘 테스트 삼아 한 알만 먹어보고, 수면 검사건 상담이건 계속 받을게요."

"규정상 수면 검사는 먼저 해야 됩니다. 일주일 텀을 두고 2회 실시가 기본이니까, 오늘 예약을 잡고 가시면 다음 주에는 처방이 가능할 겁니다."

"다음 주요? 그거 24시간 이내에 먹어야 효과가……"

이런, 망했네. 의사는 예의 바르게 싱긋 웃어 보였다.

"간밤에 좋은 꿈 꾸셨나 보네."

수납 데스크에는 참새를 닮은 간호사가 앉아 있었다. 동그란 얼굴 가운데 돌출된 조그만 입이 쩍쩍거렸다.

"수면 검사 예약하시겠어요?"

"필요 없습니다."

나도 모르게 신경질적인 대답이 튀어나왔다. 다행히 간호사는 고개만 까딱일 뿐 별다른 내색을 하지 않았다. 너 같은 나이롱환자 숱하게 상대해봤다는 듯이.

"카드, 앞쪽에 꽂아주세요."

깐깐한 비둘기 같으니. 평생 규정이나 끌어안고 살아라. 그거 한 알만 처방해달라는데 아주 유세야, 유세. 괜히 시간만 낭비했네. 차라리 거북이를 닮은 나이 지긋한 의사를 고를걸. 지금이라도 가볼까? 거기도 마찬가지이려나…… 엘리베이터를 타고 내려가며 투덜거리는데 바지 주머니에서 휴대폰이 울렸다. 문자메시지였다.

'드림캐처 37.658783/126.762512 에이미가 보냈다고 하세요.'

발신자 표시 제한으로 온 메시지였지만 누가 보냈는지 짐작이 갔다. 내 휴대폰 번호를 알고, 드림캐처를 원한다는 걸 알고, 처방을 못 받아 심통이 났다는 것까지 아는 사람. '낮말은 새가 듣고 밤말은 쥐가 듣는다'는 속담에 나오는 새는 아마도 참새가 아닐까?

그래, 저기 엘리베이터에서 문자메시지를 들여다보며 회심의 미소를 짓고 있는 게 바로 나야. 현실을 살아가는 진짜 나. 그런데…… 얼굴이 안 보이네. 비둘기 의사도 보이고 참새 간호사도 보이는데 나만 안 보여. 어디 거울이 없었나? 엘리베이터 문에 뿌옇게 비치는…… 살구색 덩어리. 미치겠군. 내 생김새부터 알아야 기억이건 뭐건 되찾을 거 아냐. 할 수 없지. 다른 장면을 떠올려서 연결해보자.

간밤에 나는 무슨 좋은 꿈을 꾸었나? 아니, 꿈이 중요한 게 아니지. 꿈을 꾼 사람을 찾아야 된다고. 누가! 어떻게 생긴, 무슨 일을 하는, 어떤 생각을 가지고 살아가는 사람이 그 꿈을 꾸었는가. 무슨 꿈을? 이런, 꿈은 잊으라니까. 정신을 집중해. 생각, 진지하게 생각을 이어가야 나를 찾을 수 있어. 진짜 존재하는 나를…… 시끄럽다. 시끄러운 기계음…… 전화벨 소리 같은데. 사방에서 울리는 전화벨 한가운데 나는 앉아 있다.

"네, 입학관리첩니다. ……네, 현재 올라와 있는 게 최종 경쟁률입니다. ……작년에 3.4 대 1이었으니까 조금 낮아졌네요. ……그건 전형이 끝나봐야 알 수 있습니다."

"김 선생님, 통화 끝났어요?"

"돌려주세요."

"네, 입학관리첩니다. ……네, 최종입니다. ……수능 평균이 작년보다 높기 때문에 커트라인이 떨어질 것 같진 않은데요. 일단은 면접을 신경 써서 잘 보세요. ……학생다운 복장이 제일 낫겠죠. ……네, 궁금한 점 있으면 또 전화 주세요."

명치께가 더부룩하다. 점심 먹은 게 또 소화가 안 되는 것 같다.

"네, 입학관리첩니다."

"김재영 선생님인가요?"

"그런데요."

"그때 코엑스에서, 뭐냐, 입시 박람회 때 딸애하고 같이 상담을, 여러 번 가서 상담을 했었는데, 이게 뭡니까?"

아주머니는 상당히 격앙된 어조다. 아동복지나 주거 환경 쪽인 것 같다.

"뭐 때문에 그러시죠?"

"그때 아동복지학과가 낮을 거라고 해서 선생님 말만 믿고

216

넣었는데, 이거 작년보다 훨씬 높아졌잖아요. 애가 딱 작년 커트라인 정도인데, 이건 보나 마나잖아요, 예?"

이럴 땐 초반에 끊어줘야 한다. 말받이하며 어눌하게 끌려가다가는 한도 끝도 없다.

"어머님, 그렇게 말씀하시면 안 되죠. 저희는 과거 자료를 토대로 최소한의 가이드라인만 제시한 겁니다. 생각해보세요. 제가 최근 경향이 어떻다고 했지, 어디를 넣어라 말아라 하던가요?"

"아이고, 그래도 우리는 잘 모르니까 선생님 말만 믿었죠."

"그때도 말씀드렸잖아요. 결국 결정은 학생이 하는 거니까, 점수와 적성을 고려해서 신중하게 선택하시라고."

아마 그렇게 말했을 것이다. 보험약관처럼 늘 덧붙이는 말이니까.

"어떡하나, 수시 다 떨어지고 여긴 어떻게든 꼭 붙어야 되는데……"

한풀 꺾인 아주머니는 이제 울먹이는 목소리다. 아마 학생은 방문을 잠그고 틀어박혀 있을 것이다. 소용없다는 건 피차 알지만, 아주머니도 그냥 답답해서 하는 하소연일 뿐이다.

"높아졌다고는 해도 대부분 막판에 눈치작전으로 몰린 허수라 어떻게 될지 몰라요. 면접에서도 점수 차이가 생기니깐 잘 준비해서 자신 있게 보라고 하세요."

"선생님, 그럼 어떻게, 아직 가능성이 있나요?"

"예. 작년 커트라인 정도면 가능성이 있습니다."

사실 가능성은 거의 없다. 하지만 그런 건 미리 알아봐야 도움이 되지 않는다. 아주머니는 넋두리처럼 몇 마디를 덧붙이고 전화를 끊는다.

'우리는 누군가의 시작을 만든다!'

팀장 자리 뒷벽에 붙은 무지갯빛 타이포그래피 액자가 눈에 들어온다. 시각디자인과 교수인 신임 처장의 작품이다. 눈이 마주치기를 기다렸다는 듯 팀장이 어깨에 송수화기를 낀 채 손짓으로 나를 부른다.

"켄트지 주문했나?"

팀장은 꼼꼼하게 매어져 있는 넥타이 매듭을 재차 매만진다. 핑크빛 와이셔츠는 구김 하나 없이 반질반질하다. 이 사람은 가장 바쁜 입시 철이면 더욱 단정해지고 여유가 생기는 것 같다.

"수량 파악해서 오늘 할 겁니다."

"한 사장한테 얘기 확실하게 해. 작년처럼 색깔 다른 거 또 섞여 오면 거래처 바꾸겠다고."

팀장은 말하는 도중에도 모니터를 들여다보며 마우스를 계속 클릭한다.

"그리고 수도권 주요 대학들 지원율 비교 자료 하나 만들어줘. 작년과 올해, 유사 학과 중심으로. 내일 아침에 처장님 한테 직접 보고하라고 했나 봐."

"지금요?"

등 뒤에서 여섯 대의 전화기가 둥지 속 새끼 제비들처럼 울 어댄다.

"그러게 말이야. 지원율 좀 떨어졌다고 난리야."

"그거야 전체 수험생 수가 줄어서……"

"그러니까. 아무리 설명해도 다른 대학 변동 폭하고 비교 해보라는데, 어쩌겠어."

팀장은 가볍게 혀를 찬다.

"알겠습니다."

자리로 돌아와 포스트잇에 '타대 지원율 비교, 6일'이라고 쓴다. 모니터 테두리에는 이미 노란 포스트잇이 빙 둘러서 붙어 있다. 활짝 핀 17인치 해바라기. 날짜가 지난 업무 하나 를 떼어내고 새 꽃잎을 붙인다.

"네, 입학관리첩니다. ……교차 지원하면 사탐 대신 과탐 을 1.5배 해서 반영합니다. ……가산점은 안 들어가죠. …… 학생, 요강도 안 읽어보고 지원했어요?"

전화했던 아주머니가 기억나는 것 같다. 눈꺼풀 양 끝이 처져 피곤하고 간절해 보이는 인상으로 무작정 가장 낮은 학 과를 찍어달라고 했다. 단발머리에 빨간 실핀을 X자 모양으로 꽂은 딸은 옆에서 죄인처럼 고개를 숙이고 있었다. 차라리 우리보다 한 단계 낮은 대학에 지원하라고 귀띔할 걸 그랬나? 어쩌면 그들이 아닐지도 모르겠다. 3박 4일 동안 수많은 모녀를 만났고 표정이 다들 비슷했으니까.

"전부 176통이에요. 명단 여기 있습니다."

사무 보조 조교가 추가 제출 서류 우편물을 한 아름 놓고 간다. 176통. 빨리하면 두 시간 안에 끝낼 수 있을 것이다. 가위를 들고 서류봉투를 하나씩 개봉한다.

수험번호 305130027, 김규민, 학생부, 제출. 수험번호 307210208, 함송이, 검정고시 합격증명서, 제출. 수험번호 303110097, 김현태…… 김현태? 학생부의 주인은 박지원인데 입시 프로그램에는 김현태가 뜬다. 다섯번째 숫자 1을 0으로 고치고, 엔터. 박지원. 한 번쯤은 컴퓨터가 멍하니 딴생각을 하다가 실수해주길 바라지만 그건 언제나 내 몫이다. 박지원, 세진고등학교 졸업. 출결 상황, 1학년 개근, 2학년 개근, 3학년 결석 3회, 지각 4회. 뒤늦게 질풍노도를 겪은 모양이네. 진로 희망, 학생은 영화 평론가, 학부모는 대학교수. 유명한 영화 평론가가 되어 영화과 교수를 하면 윈윈이겠군. 특별활동 상황, 볼링부원으로 집중력이 높아 스페어 처리 능력이 뛰어남. 행동 특성 및 종합 의견, 주의 산만한 편이나 활달하고 자기 생각을 적극적으로 표현함. 담임과 볼링부 선생

중 한 명은 사람 보는 눈이 없는 것 같다.

"아주머니, 또 오셨네."

살구색 모자와 유니폼 차림의 아주머니가 꾸벅꾸벅 인사를 하며 책상마다 요구르트를 한 병씩 놓는다.

"계속 공짜로 먹는 것도 미안하니까, 이제 그만 오세요."

팀장이 정중하면서도 단호하게 말하며 요구르트 병을 도로 건넨다.

"부담 갖지 말고 드세요. 새로 나온 건데, 드셔보시고 괜찮으면……"

아주머니는 구부정하게 서서 요구르트를 다시 팀장의 책상에 조심스럽게 올려놓는다. 기어드는 목소리와 어색한 웃음이 낯설다. 그러고 보니 전에 오던 아주머니와 서 있는 자세가 다르다.

"먹겠다는 사람 있으면 연락할게요. 입시 기간에는 이렇게 사무실에 불쑥불쑥 들어오시면 안 돼요."

아주머니는 뭐라고 말을 더 하려다가 어정쩡한 인사만 남기고 돌아선다. 눈꺼풀 양 끝이 처져 피곤하고 간절해 보이는 인상이다. 어쩌면 수험생 딸이 있을지도 모르겠다. 수험번호 309420426, 박동희, 농어촌 전형 서류, 제출.

"아주머니."

문을 나서던 아주머니가 종종걸음으로 내 자리로 온다.

"이거 새로 나왔다고요? 요구르트 먹으면 소화에도 도움이 되나?"

"예. 이게 장뿐만 아니라 위에도 다 효과가 있는 제품이라……"

아주머니는 큼직한 가방에서 신제품 홍보 전단을 꺼내 내민다. 뒤통수에 팀장의 시선이 느껴진다.

"이런 게 있으면 처음부터 같이 줘야 영업이 되죠."

아주머니는 멋쩍게 웃으며 하얀 면장갑 낀 손으로 가방끈을 추켜올린다. 특허받은 유산균이 헬리코박터균을 어쩌고저쩌고. 홍보 전단을 건성으로 훑고 있는데 전화벨이 울린다.

"이거 우선 한 달만 줘보세요."

"아, 그럴까요? 고맙습니다."

아주머니는 밝은 표정으로 주머니에서 수첩을 꺼내며 돌아선다.

"네, 입학관리첩니다. ……실기 고사 일정은 8일에 홈페이지에 공지할 겁니다. ……예, 예비 소집은 따로 없어요."

오늘도 10시는 넘어야 퇴근할 수 있을 것 같다. 집에 가면 11시. 얼른 씻고 자기 전에 잠깐이라도……

대학교 교직원이라. 좋네. 안정적이고, 저렴한 학생 식당도 이용할 수 있고. 음…… 저 김재영이라는 사람이 나라는

건 알겠는데, 내 목소리를 녹음해서 듣는 듯한 이 미묘한 이
질감은 뭐지? 남들 귀엔 똑같이 들릴지 몰라도 내겐 뭔가 어
색해. 내가 아는 내 목소리는 귀로 들어오는 소리와 내부의
진동이 합쳐진 소리라서 그렇다는데, 여긴 그 내부의 진동이
빠진 느낌이야. 게다가 말이야, 나는 유산균을 먹으면 장운동
이 필요 이상으로 활발해지는 체질이라 요구르트를 좋아하
지 않아. 아무리 특허받은 제품이라도 한 달이나 내 돈 주고
사 먹을 일은 없다는 거지. 그렇다면 이건 꿈인가? 이런 따분
한 꿈 때문에 병원을 찾아가서 거짓말까지 했다고? 이상해.
뭔가 조금씩 뒤죽박죽 섞여 있는 듯한…… 모르겠다. 일단
다음 칸으로 가보자.

　이번엔 조용하다. 너무 조용해. 동그란 원 안에 갇힌 십자
가, 차가운 냉기가 배꼽을 통해 서서히 온몸으로…… 어쩌면
나는, 훨씬 더 위험한 직업을 가진 사람인지 모른다.

　　포수는 한 덩이 납으로
　　그 순수를 겨냥하지만,
　　매양 쏘는 것은
　　피에 젖은 한 마리 상한 새에 지나지 않는다.[1]

1　박남수, 『박남수 시선』, 이형권 엮음, 지식을만드는지식, 2012.

시인은 알았을까? 자신의 시가 순수한 추상의 세계와 현실 세계를 피로써 연결할 수밖에 없는 허무를 노래하고 있다는 걸. 이 정서를 진심으로 이해하는 사람은 오직 두 부류다. 실패한 혁명가나 성공한 킬러.

오늘도 하현달이다. 일부러 그러는 건 아닌데 하현달 아래에서 작업하게 되는 경우가 잦다. 안전을 생각한다면 달빛이 지구의 그림자에 완전히 파먹히도록 며칠 더 기다리는 게 좋다. 내 유전자에 하현달을 좋는 비밀스러운 주기라도 있는 걸까? 긍정과 부정의 경계인 반달을 지나, 갈고리처럼 쨍하고 발악하는 그믐달에 이르기 전, 사라져가며 들르는 시골 정거장 같은 달. 그 희미한 달빛이 라이플 총신 위에서 흔들린다. 호흡을 가다듬는다. 1월의 차가운 밤공기가 뱀장어처럼 비강과 기도를 쓸고 간다. 총신 위에서는 아무것도 흔들리면 안 된다.

옥상 바닥에서 올라오는 냉기가 배꼽을 통해 서서히 온몸으로 퍼져간다. 열정을 억누르는 콘크리트의 이 건조한 냉기가 좋다. 메두사의 눈을 바라본 것처럼 내 몸은 돌로 변해간다. 폐의 들썩거림이 잦아들고 피를 내뿜는 심장의 리듬이 느려진다. 눈의 깜빡임조차 멈추면 마지막 호흡을 준비해야 한다. 배꼽에서 가장 멀리 떨어진 오른손 검지 끝마디까지 돌로 변하기 전에. 내 고요한 죽음은 7.62밀리미터 탄환에 실려 초속 8백 미터의 속도로 표적에 전이될 것이다.

오늘의 표적은 그린하이빌 607호에 혼자 사는 남자다. 총구에서 뻗어 나간 사선이 어수선한 도시의 불빛을 가로질러 그린하이빌을 향한다. 남자와 나 사이에는 참사랑교회가 있고 스카이고시텔이 있고 너클볼스크린야구장이 있고 루시비즈니스바가 있다. 4백 미터 떨어져 있는 남자의 뒤통수가 손에 잡힐 듯 선명하게 보인다. 동그란 조준경 안에, 십자가를 이고.

남자는 책상 스탠드 하나만 켜놓은 채 컴퓨터 앞에 앉아 있다. 모니터는 남자의 어깨에 가려져 보이지 않는다. 키보드 왼쪽에 통통한 튤립 모양의 브랜디 잔이 놓여 있다. 3분의 1쯤 채워진 호박색 액체는 헤네시가 아닐까? 남자는 의자 팔걸이의 왼쪽에 기댔다가 오른쪽에 기댔다가, 상체를 뒤로 한껏 젖혔다가, 헤네시를 홀짝였다가, 의자를 빙글빙글 돌리기도 한다. 움직임이 부산스러워 아직은 방아쇠를 당길 타이밍이 아니다.

남자의 이름은 김재영, 32세, M대학교 입학관리처 교직원으로 일하고 있다. 지금이 입시 철이니 한창 바쁠 것이다. 오늘도 밤 11시가 넘어서 집에 불이 켜졌다. 내일 아침이면 다시 출근 버스의 무표정한 사람들 사이에 끼어 있겠지. 동료 직원들과 인사를 나누고, 믹스커피 한 잔과 담배 한 개비로

금연 거부자 동지들과 수다를 떤 후, 무료함을 꿋꿋이 버티며 또 하루를 보낼 것이다. 그래도 각자 소확행 한두 가지 정도는 품고 살지 않느냐는 표정으로. 어쩌면 그는, 전혀 다른 인생을 살 수도 있었을 것이다.

제레미 인호 라이언은 네 살 때 미국 텍사스주 오스틴의 중산층 가정으로 입양되었다. 양아버지인 마이크 라이언은 제레미가 한국어를 잊지 않도록 꾸준히 교육시켰다. 허벅지에 엎드려놓고 바지를 벗겨 볼기짝을 칠 때 아이가 한국어로 칭얼거리는 게 그를 흥분시켰기 때문이다. 열한 살 이후 제레미의 볼기짝은 식탁에 엎드려놓고 비역질을 하는 용도로 바뀌었다. 뒤에서 숨을 헐떡이는 마이크를 향해 제레미는 온 힘을 다해 한국어로 외쳤다.

"이 개새끼야, 내가 언젠가 너를 죽여버릴 거야!"

제레미가 벼르고 벼른 '언젠가'는 열여섯 살 생일이었다. 피와 살점을 흩뿌리며 거실 저편으로 날아가 싸구려 도자기 인형들과 함께 고무나무 장식장에 처박힌 마이크. 제레미는 연기가 피어오르는 샷건을 들고 그 앞에 우두커니 서 있었다. 늘 꿈꾸던 장면이 눈앞에 실현되자 외려 꿈을 꾸는 것처럼 몽롱했다. 휴, 결벽증 라이언 여사가 저거 치우자면 고생 좀 하겠는데. 제레미는 간단한 옷가지와 마이크의 지갑에 있던 달러를 챙겨 집을 나왔다.

이후 10년 동안 제레미는 텍사스주를 제외한 미국 전역을 돌아다니며 강절도 행각을 벌였다. 그의 이력에 또 한 건의 살인이 추가된 무대는 시카고의 허름한 술집이었다. 스피커에서 흘러나오는 올드 팝송의 가수를 두고 털북숭이 덩치와 말씨름을 벌인 게 문제였다.

"헤이, 취했어? 저건 마돈나야. 「트루 블루True Blue」, 유명한 곡이잖아."

"너야말로 술을 얼마나 처마신 거야? 마돈나랑 신디 로퍼 목소리도 구별 못 하다니, 환장하겠네."

"이 원숭이 새끼가 눈만 찝힌 게 아니라 귓구멍까지 막혔군."

맨정신으로 서로를 알아갈 기회가 있었다면, 독특한 악센트와 문신을 통해 그가 러시아 마피아의 일원이라는 걸 눈치챘을 것이다. 보스의 외아들이라는 정보까지 입수했다면, 뒤를 밟아 파이프렌치를 휘두르는 짓은 하지 않았을 것이다. 진작에 바텐더에게 가수 이름을 물어보는 융통성만 있었더라도…… 경찰보다 조금 덜 바쁘고 훨씬 더 악랄한 조직이 그를 쫓기 시작했다. 멕시코로 달아난 제레미는 펍의 텔레비전으로 〈별에서 온 그대〉라는 드라마를 보다가 훌쩍 한국행 비행기에 올랐다.

생판 낯선 환경에서 생판 낯선 먹거리로 고생하는 와중에도 제레미의 영혼은 아늑하게 안식을 취했다. 발밑으로 뻗은 보이지 않는 뿌리를 통해 이 땅의 모든 것과 연결된 듯한 느낌. 이래서 모국이라고 하나? 물론 자유로운 의사소통이 가능하기에 누리는 안식이고 뿌리였다. 한국어를 간직하게 해준 마이크에게 고마운 마음까지 들었다. '아버지, 지옥에서 편히 쉬세요. 난 천천히 갈 테니까.'

한 가지 문제라면, 터를 잡고 눌러살기에는 모국의 땅덩이가 너무 좁다는 것이었다. 해골과 성모마리아 문신으로 도배한 슬라브계 덩치들이 인천공항에 발을 들이는 순간 그는 독안에 든 생쥐 꼴이었다. 아쉽지만 동남아나 중국으로 다시 피신할 수밖에 없었다. 그 전에 제레미는 자신의 진짜 부모를 찾아보기로 했다. 네 살배기 아들을 헤어날 수 없는 개미지옥에 밀어 넣은 웬수들을.

우여곡절 끝에 찾은 친부모는 이미 이 세상 사람들이 아니었다. 무슨 사연인지 모르겠지만, 단칸방을 청테이프로 밀폐한 후 라디오를 틀어놓은 채 연탄을 피웠다고 한다. 일가족이 최후의 만찬으로 먹은 카레라이스에는 수면제가 들어 있었다. 자신이 미국으로 입양되기 직전의 일이었다. 허탈하고 화가 나는 동시에 마음 한구석으로 위안을 받는 복잡한 심경이었다. 살아 있었다면 영화 한 편 찍었을 텐데. 장르는 모르겠지만. 대신 제레미는 복지회 직원으로부터 네 살배기 꼬마

용사에 대한 흥미로운 무용담을 전해 들었다. 사건 당일 의식을 잃은 쌍둥이 동생을 끌어안고 문틀의 청테이프를 앞니가 빠지도록 물어뜯어 탈출했다는.

어느 날 길거리에서 나와 똑같이 생긴 사람을 마주친다면 어떤 기분일까? 제레미는 그런 깜짝 연출로 상봉 효과를 극대화하며 동생 김재영의 앞에 나타났다.

"아니, 이게, 대체, 당신, 나랑, 누구……"

22년 만에 배낭을 메고 찾아온, 존재조차 몰랐던 쌍둥이 형. 스탠퍼드 대학교를 졸업하고 실리콘밸리에서 일하고 있다는, 친부모를 찾기 위해 휴가를 얻어 모국을 찾았다는, 친부모의 죽음에 낙심했으나 '트윈 브로'의 존재를 알고 뛸 듯이 기뻤다는…… 산전수전 다 겪은 제레미의 눈물 연기 앞에서 재영은 뜨끈한 진짜 눈물을 흘렸다.

잠시나마 가족끼리 함께 지내자는 재영의 권유에 못 이기는 척, 제레미는 체크인한 적도 없는 신라호텔을 나와 동생의 원룸으로 들어갔다. 보육원에서 외롭게 자란 재영은 이 활동적이고 스마트하고 부유한 도플갱어와 가까이서 호흡하고 싶었다. 깊은 밤을 좀먹던 막연한 결핍감의 근원이자 남몰래 꿈꾸었던 나의 이상향. 제레미 역시 이 내성적이고 따분하고 가난한 도플갱어와 가까이서 호흡하고 싶었다. 인간 김재영을 복사해 자신의 안에 붙여 넣기 위해.

　다행히 걸프렌드는 없고 정기적으로 연락하는 친구가 두 명 정도, M대학교 교직원 공채에 합격해 곧 출근할 예정이라는 것, 말버릇과 제스처, 컴퓨터와 스마트폰 패스워드며 은행과 월세 관련 정보, 단골 식당, 머리 커트하는 곳, 책상에 놓고 키우는 만세선인장 관리법까지 빼내는 데 2주면 충분했다.

　가짜로 둘러댄 출국일 전날, 제레미는 페퍼로니피자와 맥주로 조촐한 송별회 자리를 마련해 동생의 잔에 수면제를 탔다. 자신과 똑같이 생긴 얼굴을 베개로 덮어 누르는 동안 이전 두 번과 달리 몹시 불쾌했고, 죄책감이라는 생소한 감정까지 들었다. 하지만 평범한 인생을 살고 싶다는 열망을 접을 정도는 아니었다. 시궁창에서의 삶을 포맷하고 새로 시작할 수 있는 완벽한 기회. 어차피 네 살배기 쌍둥이 형제의 복불복 게임 아니었나. 처음부터 내가 김재영이었던 것처럼 살아가면 된다. 보육원으로 보내져 조용하고 무던한 아이로 성장하는. 사라지는 건 미국으로 건너간 김인호이다. 그만 사라져라, 제발…… 한밤중에 더플백과 삽을 메고 산에 오른 제레미는 온몸이 땀으로 흠뻑 젖을 때까지 구덩이를 팠다. 아주 깊은 구덩이를.

　그렇게 내 조준경 속의 남자는 6년째 대학교 교직원으로 성실하게 지내고 있다. 아침마다 출근 버스의 무표정한 사람들 사이에 끼어, 믹스커피 한 잔과 담배 한 개비로 금연 거부자 동지들과 수다를 떨며, 각자 소확행 한두 가지 정도는 품고 살지 않느냐는 표정으로. 예를 들면, 그는 퇴근 후 깊은 밤에 혼자 소설을 쓴다. 튤립 모양의 브랜디 잔에 따른 헤네시를 홀짝이면서, 아무에게도 보여주지 않을 소설을.

남은 평생을 그렇게 지낼 수도 있었을 것이다. 평범하게. 어느 날 로또와 담배를 사러 편의점에 가는 길에 영어로 길을 묻는 파란 눈의 관광객에게 무심코 유창한 남부 텍사스 억양으로 대답하지 않았더라면. '라이카'라 불리는 파란 눈의 사내는 즉시 시카고로 국제전화를 걸었다. 사라진 제레미 인호라이언을 끝내 잊지 못하는 단 한 사람에게. 그는 김재영의 거죽을 뒤집어쓴 제레미의 머리에 총알을 박아달라며 내 에이전트에게 거액을……

이 부분이 좀 어색하긴 하다. 실제 러시아 마피아 두목이라면 아들의 복수를 위해 킬러를 고용하지는 않을 것이다. 가급적 오래 명줄을 붙여놓고 고문하기 위해 의사를 고용하면 몰라도. 뭐, 이 정도 옥에 티는 애교로 넘어가자.

초창기에는 표적을 순록으로 간주했다. 저건 순록이다. 툰드라의 눈밭을 헤치고 이끼를 뜯는 순록이다. 나의 행위는 먹이사슬에 얽힌 수렵 활동일 뿐이다. 이런 생태학적 자기암시는 허무에 맞서 부드럽게 방아쇠를 당기는 데 도움이 되지 않았다. 내가 순록의 깊은 눈망울을 사랑한다는 사실만 새로이 알게 되었다. 여우와 회색곰에 대한 사랑도 차례로 깨달았다.

지금은 표적의 인격을 박탈하는 대신 이야기를 덧씌운다. 범죄, 미스터리, 드라마, 로맨스, 코미디, 판타지, SF, 어떤 장르로 진행되건 결국 죽음으로 귀결되는 이야기. 이 방법은 제법 도움이 되었다. 나 또한 돌고 도는 이야기 사슬 속에 있다는, 어느 날 내 뒤통수에 총알이 박히더라도 그럴 만한 사연이 있으리라는 회귀적 평온함이 부드럽게 손가락에 전달되었다.

의자 위의 부산스러운 움직임이 멈췄다. 브랜디 잔을 손가락 사이에 끼워 남은 술을 단숨에 비운 남자가 키보드를 두드리기 시작한다. 리드미컬하게 움씰거리는 어깨, 십자가 눈금선 중앙에 붙박인 뒤통수. 숨을 3분의 2 정도 가만히 들이마신다. 나는 남자의 이름 같은 거 모른다. 나이도 직업도 모른다. 내게 전달된 건 남자의 사진과 주소 그리고 누군가의 살의뿐. 내가 알지 못하는 그의 이야기는 여기서 멈추겠지만, 나의 이야기 속에서 저 남자는 계속 살아갈 것이다. 무심결에 당겨야 한다. 우주가 그 이음매를 눈치채지 못하도록.

포수는 한 덩이 납으로…… 검지 끝마디를 방아쇠에 건다.

그 순수를 겨냥하지만…… 차가운 방아쇠에 지문이 찍히는 감촉이 전해진다.

매양 쏘는 것은……

"탕!"

소음기 때문에 실제 총소리는 '탕'이 아닌 '츅'에 가깝다. 좀
더 죽음에 근접한 소리. 열 손가락의 경쾌한 탭댄스가 멈춘
다. 남자의 상체가 앞으로 쓰러진다. 머리통이 키보드를 덮
친다. 모니터에 흩뿌려진 피가 하얀 백지 위로 미끄러져 내
린다. 그 사이를 커서가 혼자 맹렬히 달려간다.

ㅎㅎㅎㅎㅎㅎㅎㅎㅎㅎㅎㅎㅎㅎㅎㅎㅎㅎㅎㅎㅎㅎㅎㅎㅎㅎ
ㅎㅎㅎㅎㅎㅎㅎㅎㅎㅎㅎㅎㅎㅎㅎㅎㅎㅎㅎㅎㅎㅎㅎㅎㅎㅎ
ㅎㅎㅎㅎㅎㅎㅎㅎㅎㅎㅎㅎㅎㅎㅎㅎㅎㅎㅎ

커서의 질주에 밀려 남자가 쓰던 글이 한 줄씩 모니터 위로
사라진다. 페이지가 넘어가기 직전 조준경을 통해 확인한 건
단 한 문장이다.

'제이는 손을 뻗어 선풍기의 바람 세기를 1단으로 낮추며
말했다.'

하현달 아래서 라이플을 분해해 색소폰 케이스에 넣고 옥
상을 벗어날 때까지 나는 알지 못했다. 그날 밤 내내, 그다음
날도, 또 그다음 날도 계속 생각하게 될 줄은. 그 생각이 머릿
속을 부유하며 두개골을 툭툭 건드리는 바람에 조준경의 십
자가가 흔들리고, 더 이상 어떤 표적에게도 내 고요한 죽음을
전이시키지 못하게 될 줄은. 도대체, 제이는 선풍기 바람 세

기를 1단으로 낮추며 누구에게 무슨 말을 했을까?

그 한 발의 총알로 멈춰버린 건 나의 이야기였다. 뒤통수에 이따위 무딘 총알이 박힐 줄이야. 우주가 눈치챈 걸까? 천의무봉의 솜씨로 이음매의 솔기를 뜯고 대신 나를 끼워 넣은 건가? 내 오늘 그대에게 겸손함을 가르쳐주리다, 하면서. 방아쇠를 조금만 늦게 당겼어야 했다. 그랬다면 이렇게⋯⋯

이거야말로 꿈이겠지. 아무렴, 내가 돈을 받고 사람을 죽이는 킬러겠어? 영화도 아니고, '라이플' 스펠링도 모르는 내가. 어이가 없네. 어이가 없긴 한데 왠지 이질감도 없어. 뭐지, 이 쫀쫀한 착용감은. 설마 내가 진짜⋯⋯ 물론 여기도 하나 걸리는 게 있긴 해. 난 말이야, 장 트러블 때문에 콘크리트 바닥에 엎드려 건조한 냉기 운운하는 건 상상하기 힘들다고. 그것도 1월 밤에, 그것도 극도의 스트레스 상황하에서. 현실의 나라면 극세사 담요를 준비하거나 하다못해 종이 박스라도 하나 깔고 엎드렸을 거야. 너무 예민하게 군다고 타박하지는 마. 내 입장에선 아무리 봐도 애교로 넘기기 힘든 옥에 티거든. 악마는 디테일에 있다. 몰라?

그나저나 스토리가 어떻게 이어지는 거야? 정리가 안 되네. 교직원이 되어 평범하게 사는 꿈을 꾼 킬러인지, 킬러가 되어 유별나게 사는 꿈을 꾼 교직원인지, 그 교직원은 김재영인지 제레미인지, 아니, 그건 킬러가 만든 이야기인데, 그 이야기가 꿈속을 헤매는 건지, 꿈이 이야기 속을 헤매는 건지…… 안 돼. 이래서는 존재할 수가 없어. 회의주의의 수렁에 빠질 때는 다시 코기토를 따라가보자. 그래, 병원. 한마음이었나 참마음이었나, 그 정신 건강 의학과 앞에서 나는 곧장 택시를 잡아탔어. 에이미가 알려준 장소로 가기 위해.

"기사님, 내비게이션 GPS 좌표에 지금 불러주는 숫자를 입력하세요."

의도치 않게 첩보 영화의 한 장면이 연출되었다. 문자로 받은 열일곱 개의 숫자를 또박또박 불러주는 내 음성은 절로 차갑고 은밀해졌다. 심상치 않은 분위기를 감지했는지 택시 기사 역시 차갑고 은밀한 손놀림으로 숫자만 꾹꾹 눌렀다.

택시는 30분쯤 달려 구도심의 간판도 없는 헌책방 앞에 멈춰 섰다. 삭아 너덜거리는 새시 유리문, 붉은 노끈으로 묶여 마이산 석탑처럼 쌓인 누런 책 더미. 세상 어딘가에는 아직 헌책방이 존재한다는 걸 보여주는 게 유일한 존재 이유처럼 보이는 헌책방이었다. 이런 데 오려고 GPS 좌표씩이나 찍은 게 맞느냐고, 택시 기사가 룸미러를 통해 눈빛으로 물었다. 난들 아나. 미리 찾아놓은 현금으로 차갑고 은밀하게 요금을 지불하고 나는 택시에서 내렸다.

유리문을 옆으로 밀고 들어서자 냄새의 장벽이 앞을 가로막았다. 세월이 지나도 썩지 못한 종이 미라의 냄새. 벽면을 따라 빈틈없이 설치된 나무 서가에 빽빽이 눕고 선 책들, 그 앞을 가로막으며 높다랗게 쌓인 책 무더기들이 미로를 이루고 있었다. 어깨를 움츠리고 조심스럽게 움직여야 했다. 책 모서리 하나만 잘못 건드려도 헌책방 전체가 누런 먼지구름을 일으키며 나를 덮칠 것 같았다.

미로의 한가운데, 낡아빠진 1인용 가죽 소파에 생머리를 길게 늘어뜨린 여자가 앉아 있었다. 하얀 야구 모자를 눌러 쓰고 붉은 털실 뭉치를 무릎에 올려놓은 채 뜨개질을 하면서. 모자에 금색 실로 새겨진 'A'는 애틀랜타 브레이브스의 로고인가? 애리조나 다이아몬드백스? 아리아드네? 가까이서 보니 여자는 많아야 스무 살 남짓한 앳된 얼굴이었다. 청바지에 프릴이 잔뜩 달린 흰 블라우스도 그렇고, 도무지 헌책방과는 어울리지 않는 조합이었다. 바로 앞에 다가서도 야구모자가 움직일 생각을 않기에 내가 먼저 말을 걸었다.

"저기, 에이미가 보내서……"

내 말이 끝나기도 전에 여자는 X자 모양으로 교차된 대바늘을 깔짝 들어 뒤쪽 책 무더기를 가리켰다. 더 이상 질문은 소용없을 듯해 게걸음으로 소파를 지나 뒤쪽으로 갔다. 책 무더기는 개인호처럼 반원형으로 쌓여 지하로 내려가는 계단을 은폐하고 있었다. 나선을 그리며 휘어진 철제 계단은 채 한 바퀴도 돌기 전에 어둠에 잠겨 보이지 않았다.

"여길 내려갑니까?"

예상대로 여자는 대답 없이 대바늘만 놀렸다. 소파 옆으로 흘러내려 바닥에 한 무더기 똬리를 튼 붉은 직물의 용도는 도통 짐작이 가지 않았다. 지구를 묶을 리본이라도 뜨나? 나도 모르게 잠수하듯 숨을 깊이 들이마신 후 계단에 발을 디뎠다.

손에 잡은 난간과 구두 밑창에 닿는 디딤판의 삐걱거림에 의지해 계속 내려갔다. 빙글빙글빙글빙글. 어둠에 눈이 익으면 뭔가 보일 줄 알았는데 심해로 가라앉는 것처럼 점점 더 캄캄해질 뿐이었다. 현기증이 나고 속이 울렁거렸다. 벌써 수십 미터는 내려온 것 같은데. 낡은 헌책방 건물 아래에 이렇게 깊은 공간이 있다니. 기분 탓이겠지. 고작 두세 층 내려왔을 뿐일 거야. 빙글빙글빙글빙글. 기분 탓이야.

구두 밑창이 단단한 돌바닥을 딛는 것과 동시에 저만치 촛불의 불빛이 보였다. 두 팔을 앞으로 뻗어 휘저으며 촛불을 향해 다가갔다. 불빛이 미치는 둥그런 구역만 봐도 위층 헌책방보다 훨씬 넓은 공간이라는 걸 알 수 있었다. 역시 벽면에 빈틈없이 서가가 설치돼 있었지만 위층과 달리 책들은 정갈하게 정리돼 있었다. 노끈으로 묶여 바닥에 뒹구는 책 더미는 없었고 책들 상태도 헌책방에 흘러들 만큼 낡아 보이지 않았다.

촛불은 아담한 원형 삼발이 테이블에 놓여 있었다. 손잡이가 달린 고풍스러운 황동 캔들 홀더에는 덕지덕지 말라붙은 촛농이 한가득이었다. 아메바 문양의 실크 나이트가운을 걸친 노인이 땡땡한 1인용 가죽 소파에 파묻혀 허공을 응시하고 있었다. 우람한 체구에 콧구멍이 크고 흰머리가 뿔처럼 양쪽으로 뻗쳐 있어 사색에 잠긴 황소처럼 보이기도 했다.

"에이미가 보내서 왔습니다."

노인은 목에서 끼기기긱, 소리가 날 것처럼 천천히 고개를 돌려 나를 쳐다보았다. 눈꺼풀을 내리누르며 자리 잡은 미간 주름 때문에 쳐다보기와 노려보기의 구분이 무의미해진 인상이었다. 에이미가 누구냐며 다짜고짜 호통을 치면 어쩌나 했는데, 다행히 제대로 찾아온 모양이었다.

"뭐가 필요한가?"

걸걸하지만 또렷하게 귀에 꽂히는 목소리였다.

"드림캐처요."

노인은 어깨 너머로 서가를 둘러보더니 캔들 홀더를 들고 일어섰다.

"드림캐처가 필요하시다. 좋지. 드림, 꿈, 꿈이라, 꾸움……"

서가를 따라 걸으며 노인은 랩을 하듯 혼잣말을 웅얼거렸다. 서가는 믿을 수 없이 길게 이어졌다. 어둠 속에 혼자 남겨지는 게 싫어 나도 촛불을 따라 함께 걸었다. 원형 삼발이 테이블이 군데군데 놓여 있었는데 크기와 모양은 조금씩 달랐다.

"이건가?"

노인이 셰익스피어의 희곡 『한여름 밤의 꿈』을 꺼내더니 한 손으로 펼쳐 들여다보았다.

"그래, 아니지. 여기일 리가 없지."

책을 서가에 돌려놓고 노인은 다시 걸음을 옮겼다. 발걸음이 어찌나 경쾌하고 사뿐한지 실크 가운을 벗기면 미끈한 근육질의 육체가 나타날 것 같았다. 마침내 방의 모서리가 나왔는데 비스듬한 둔각으로 다시 서가가 이어졌다. 각도로 봐서 이 방은 육각형 아니면 팔각형 공간인 듯싶었다.

"이거였나?"

이번에는 프로이트의 『꿈의 해석』을 뽑아 들었다.

"아니군. 아무렴, 이건 좀 그렇지."

모서리를 하나 더 지나는 동안 『꿈을 찍는 사진관』과 『구운몽』과 『꿈의 노벨레』가 차례로 뽑혀 나왔다가 웅얼거림과 함께 제자리로 돌아갔다.

"허, 여기다 뒀네. 악취미로군."

노인의 손에는 E.T.A. 호프만의 『모래 사나이』가 들려 있었다. 샌드맨, 밤늦게 깨어 있는 아이의 눈에 모래를 뿌리고 튀어나온 피투성이 눈알을 가져가 자기 새끼들에게 먹인다는…… 저 책을 어디서 봤더라? 노인은 가까운 테이블에 촛불을 올려놓고 책을 펼쳤다. 책장 가운데가 묘혈처럼 직사각형으로 파여 있고 그 안에 조그만 유리 약병이 누워 있었다. 약병에 절반쯤 차 있는 보라색 알약이 드림캐처인 모양이었다. 드디어 만났구나.

"몇 알 필요한가?"

"한 알에 얼마죠?"

"4만 원."

불법 유통비용에 에이미 커미션을 포함한다고 해도 무척……

"비싸네요."

"아직 중독자는 아닌 모양이군."

"이것도 중독이 되나요?"

"치명적이지. 괜히 마약류로 묶어 중증 불면증 치료제로만 허용하겠나. 약효는 알지?"

"꿈을, 이어서 꾸게 해준다고 들었습니다. 연속극처럼."

노인은 애매하게 고개를 끄덕이며 책에서 약병을 꺼냈다.

"뭐, 그런 셈이지."

"그게 그렇게까지 문제가 될 일인가요?"

노인은 약병을 눈앞에 들고 잠시 바라보다가 가볍게 흔들었다. 찰그랑거리는 소리가 영롱하게 울렸다.

"나 어릴 땐 요놈을 약국에서 그냥 살 수 있었지. 타이레놀

이나 대일밴드처럼 말이야. 다들 재미 삼아 만든 수면 유도
제라고 생각했는데, 약효가 너무 좋았어."

"그렇게 효과가 좋나요?"

"너도나도 이 보라색 마법에 빠져 꿈속에만 머물려 했거
든. 내처 자다가 배고픔에 떠밀려 깨어나서는, 아무거나 후다
닥 때려 먹고 또 잠드는 거야. 요거 한 알 삼키고. 그 텀이 점
점 길어지다가, 다시는 깨어나지 않았지."

"자다가 그대로 죽었다는 말인가요?"

노인은 고개를 끄덕였다.

"극소수의 부작용 사례겠죠. 요즘도 약물 과다 복용으로
죽는 사람이 종종 나오잖아요."

"어떤 사회학자가 칼럼에 그렇게 썼더군. 인류가 멸망한다
면 외계인 침공이나 드림캐처 때문일 텐데, 외계인들이 지구
에 도착할 무렵이면 하나의 문명이 고요히 잠들어 소멸된 광
경을 목도할 거라고."

꿈 때문에 인류가 멸망한다니. 쉽게 상상이 가지 않는 광
경이었다.

"왜 그럴까요? 꿈이 아름답고 좋기만 한 게 아닌데. 오히려
기괴하고 황당한 게 더 많잖아요."

"그러게 말이야."

노인이 어깨를 으쓱했다.

"몰입감 때문이 아닐까? 아무리 기괴하고 황당한 꿈일지라도, 그 속에서 우리의 감정은 깨어 있는 어떤 순간보다 섬세하고 진지하잖아."

몰입감…… 그런가? 나도 그것 때문에 여기까지 온 건가? 노인이 다시 병을 흔들어 찰그랑 소리를 냈다.

"몇 알?"

"일단 한 알만, 아니, 세 알 주세요."

노인은 앞쪽의 멀쩡한 책장 한 장을 북 찢더니 약병에서 꺼낸 알약 세 알을 가운데 놓고 오각형 모양의 봉지로 접었다. 지갑에서 현금 12만 원을 꺼내 건넸다. 돈을 가운 주머니에 쑤셔 넣고 노인은 약봉지를 내 손바닥에 살포시 얹었다. 하지만 바로 손가락을 떼지는 않았다.

"간밤에 무슨 꿈을 꾸었나?"

노인이 불쑥 얼굴을 들이밀며 물었다. 두 개의 까만 눈동자가 나를 투시하듯 들여다보았다.

"별거 아니에요. 뭐, 좀 궁금한 게 있어서……"

"조심하라고, 인류 멸망의 샘플이 되고 싶지 않으면. 이 약은 단순히 꿈을 이어서 꾸게 해주는 게 아니야."

노인의 눈동자가 점점 커지는 느낌이었다. 아니, 실제로 커졌다. 흰자위를 벗어난 두 개의 눈동자가 동심원을 그리듯 서로에게 다가갔다.

"그 무모하고 무상한 스토리에 현실까지 빨려 들어가는 거지. 갈가리 찢겨 흩날리다가 서로 뒤엉기고 덧얽이면……"

조금씩 포개지다가 하나의 원으로 합쳐진 검은 눈동자가 사과만큼 커졌다. 멜론만큼, 수박만큼, 수레바퀴만큼……

"시작도 끝도 없는 이야기가 굴러가고, 무한대를 향해 수렴하는 불가능한 순례길이 열리는 순간……"

보름달만큼 커진 검은 눈동자가 내 시야를 가득 채우고 나를 품었다.

"더 이상 깨어날 필요가 없는 나만의 별에서, 영원히 살아가는 거야."

그 보라색 알약을 먹었나? 먹었으니 이렇게 갈가리 찢겨 흩날리는 거겠지. 세 알을 다 먹고 비몽사몽간에 또 그 헌책방을 찾았을까? 그곳이야말로 꿈속인 것 같은데. 코기토마저 빨려 들어갔다면 이제 어쩌지? 모르겠어. 기관차가 어디인지, 열차가 어디로 향하는 건지, 지금 주절거리는 건 누구인지…… 난 그냥 궁금했을 뿐이야. 누구나 그렇듯 단조로운 현실에 때때로 권태를 느꼈고, 그러다 꾼 꿈속에서 잠시 맛보았던 설렘을…… 가만, 내가 무슨 꿈을 꾸었더라?

제이는 손을 뻗어 선풍기의 바람 세기를 1단으로 낮추며 말했다.

"그렇게 정처 없이 우주를 떠돌다가 어떤 별에 도착했어. 지구와 비슷하게 생긴 별에."

"외계인도 만났어?"

J가 맥주를 한 모금 홀짝이고 물었다.

"만나긴 했지."

"어떻게 생겼어?"

"생긴 건 우리하고 비슷해. 피부가 옅은 회색으로 반질반질하고 전체적으로 더 길쭉했어. 팔다리를 잡고 늘여놓은 것처럼."

"흠, 오징어 느낌인가? 좀더 파격적인 비주얼을 기대했는데."

"미안. 내 상상력이 동해 바다를 벗어나지 못하네."

"그래, 외계인하고 재미있게 놀았어?"

선풍기가 회전하며 제이와 J에게 고루 바람을 뿌렸다.

"놀기는, 전부 죽어 있었어."

"회색 외계인들이 다 죽어 있었다고?"

바닥에 비스듬히 누워 있던 J가 허리를 세워 침대에 기대앉았다.

"응. 여기저기 끝도 없이 쓰러져 있었어. 처음엔 잠이 든 줄 알았는데, 전부 시체더라고."

"완전 킬링 필드네. 끔찍했겠다."

"그렇지는 않았어. 모두들 표정이 평온해 보였거든. 마치 꿈을 꾸다가 자연스럽게 문명의 종말을 맞이한 것처럼. 그리고……"

"그리고?"

제이는 잔을 아랫입술에 대고 생각에 잠긴 표정으로 천천히 맥주를 흘려 넣었다.

"지금도 눈에 선한데 말로 설명하기가 어렵네. 죽은 외계인들의 몸이 식물로 연결돼 있었어. 팔이 길게 늘어져 플라타너스로 자라 있고, 다리는 길게 뻗어 사과나무로 이어져 있고, 튀어나온 갈비뼈들은 고사리 군락을 이루고 있고, 뿌리를 따라가면 다른 외계인의 몸과 연결돼 있고…… 사후에 몸이 식물로 변해가는 과정인 것 같았어. 그렇게 별 전체가 거대한 그물처럼 하나로 연결돼 있는 거야."

"그로테스크한 광경이네."

"그로테스크하고, 아름다웠지."

"아름다웠다."

"응. 울긋불긋한 게 아주 적나라하게 아름다운 별이었어. 나무며 풀, 과일, 시냇물, 구름과 바람까지 총천연색이었거든. 초록, 빨강, 파랑, 노랑, 핑크, 주황, 보라, 온갖 물감을 흩뿌려놓은 것처럼. 포근한 햇살을 받으며 그 기묘한 숲을 거

닐고 있으니 영혼이 나른해지는 느낌이었어. 어쩌나 나른하던지 잠이 깨는 순간 이불 속부터 확인했다니까."

"왜?"

"혹시 오줌을 싼 게 아닌가 해서."

J는 웃으며 맥주병을 들어 제이와 자신의 잔에 술을 채웠다.

"나도 가보고 싶네, 그 그로테스크하고 아름다운 별에."

"그 별 자체가 형이었는지도 모르지."

"응?"

페퍼로니피자를 크게 한입 베어 문 J가 눈을 치떠 제이를 보았다.

"외계에서 만난 미지의 존재, 뿌리로 연결된 이미지, 잿빛으로 축 늘어져 죽어 있는…… 내 가족사가 뒤섞인 풍경 같더라고."

J는 어금니로 피자를 꾹꾹 씹으며 제이를 바라보다가 고개를 돌렸다. 책상 위에 놓인 만세 선인장이 두 팔로 만세를 부르고 있었다. 총구 앞에서 손을 치켜들고 있는 것처럼 보이기도 했다.

"쟤는 한 달에 한 번만 물을 준다고 했지?"

"응. 흙이 살짝 젖을 정도로만."

제이는 반대쪽으로 고개를 돌려 방구석에 기대서 있는 J의 배낭을 바라보았다. 빵빵하게 부푼 배낭은 변태를 거치지 못하고 웃자란 애벌레처럼 보였다.

"저기 물 몇 번만 주면 또 만날 수 있겠지. 비행기 티켓 보낼게, 다음에는 네가 캘리포니아로 건너와."

"좋지. 그런데 신입이라 당분간은 휴가 내기 어려울 거야. 한국은 휴가라고 해도 그렇게 길지가 않고."

"아무튼 같은 별에 살고 있는 걸 알았으니까, 수너 오어 레이터sooner or later……"

J는 영어로 말꼬리를 흐렸다. 둘은 고개를 외튼 채 선인장과 배낭만 멍하니 바라보았다. 끼기기긱, 끼기기긱. 선풍기가 고개를 돌릴 때마다 귀에 거슬리는 신음이 흘러나왔다.

"무슨 생각해?"

J가 물었다.

"꿈을 연속극처럼 이어서 꿀 수 있으면 좋겠다는 생각."

제이는 손등으로 눈을 비비며 대답했다.

"어제 그 컬러풀한 별에 다시 가고 싶어서?"

"그 별도 그렇고, 나는 꿈을 자주 꾸는데 항상 깰 때마다 생각하거든. 그다음은 어떻게 됐을까, 그다음은 어떻게 됐을까. 하지만 다음 날이면 전혀 다른 꿈속으로 떨어지니까, 아쉬워. 매일 새로운 드라마의 파일럿 에피소드만 보는 기분이야."

"미래에는 그런 약이 개발될지도 모르겠네. 24시간 이내에 한 알 먹고 자면 간밤의 꿈을 이어서 꿀 수 있는."

"그러면 좋겠다."

"좋을까, 그게?"

제이가 맥주잔을 입으로 가져가다 말고 늘어지게 하품을 했다. 자꾸만 내리감기는 눈꺼풀을 버티느라 벙벙한 표정이 되었다.

"궁금하잖아. 내 마음속엔 어떤 이야기 공장이 있는지, 거기서 누가 이렇게 열심히 일하는 건지……"

제이는 앉은 채로 팔을 베고 침대에 엎드렸다. 스르르 눈이 감겼다.

"매일 밤 한 겹씩 파고들어 가보는 거야. 양파 껍질을 벗기듯, 한 겹, 한 겹…… 그 끝엔 뭐가 있을까?"

J도 침대에 팔을 베고 엎드려 제이의 얼굴을 들여다보았다. 평온히 잠든 자신과 똑같이 생긴 얼굴을. 하느작하느작 건너오는 여린 숨결이 코끝을 간질였다. 22년 전 그날, 매캐한 연기 속에서 눈을 떴을 때처럼. J는 가만히 손을 뻗어 축 늘어진 제이의 손에 깍지를 끼었다. 손가락 사이로 척척한 온기가 전해졌다. 한숨을 쉬듯 J가 중얼거렸다.

"그러게, 뭐가 있을까?"

추출 혹은 작곡

"그래도 예전엔 말이야, 취조실의 낭만이라는 게 있었는데."

허 반장은 의자 팔걸이에 비스듬히 몸을 기대며 회색 방음벽을 둘러보았다.

"형사와 용의자가 이렇게 탁자를 사이에 두고 마주 앉아 한판 승부를 겨루는 거지. 네가 했지, 불어라, 생사람 잡지 마쇼, 하면서."

탁자 건너편에 어깨를 웅크리고 앉은 건은 별다른 반응을 보이지 않았다. 흑백이 고루 섞인 수염 자국이 입 주변으로 점점이 퍼져 있었다.

"다양해 아주, 스타일들이. 물증을 들이미는데도 막무가내로 뻗대는 놈, 인생 역정을 구구절절 늘어놓으며 하소연하는 놈, 되도 않는 개똥철학을 싸재끼는 놈, 묻기도 전에 알아서 판소리 한 마당을 뽑는 놈, 너처럼 입 꾹 다물고 묵비권을 행사하는 놈."

허 반장은 눈동자를 굴려 건을 곁눈질했다. 고개를 숙인 채 숨만 색색거리는 모습이 조는 것처럼 보이기도 했다.

"그렇게 엉켜서 몇 합 겨루다 보면 딱 나와. 이 인간이 죄가 있는지 없는지, 있다면 왜 그런 짓을 저질렀는지, 어떻게 빠져나가려고 짱구를 굴리고 있는지. 물론 가끔은 파악이 잘 안 되는 놈도 있어. 사실과 구라를 교묘하게 섞어가며 끝까지 버티는 놈. 그럴 땐 뜨끈한 설렁탕 한 그릇 먹이고 같은 질문을 포장만 바꿔 계속 던지는 거야. 너덧 시간 동안. 그러다 보면 집중력이 흐트러지면서 덥석, 미끼를 무는 순간이 있거든."

허 반장은 가상의 낚싯대를 잡아채듯 허공에서 손목을 퉁 튕겼다.

"취조라는 게, 재미가 있었어. 가짜 사연을 꾸며내 공감하는 척 연기도 하고, 좋은 경찰, 나쁜 경찰 놀이도 하고, 공범이 있으면 죄수의 딜레마 게임도 하고, 뭐 이런……"

허 반장은 깍짓손으로 뒤통수를 받치고 허공을 쏘아보았다.

"스토리, 그렇지. 잘근잘근 씹는 맛이 있는 스토리란 게 피어났다고. 창문도 없는 이 작은 방에서 말이야."

건은 여전히 아무런 대꾸가 없었다. 그러거나 말거나 허 반장은 느긋하게 혼잣말을 이어갔다.

"치열한 공방전 끝에 적의 성벽을 무너뜨리고 자백을 받아 낼 때의 쾌감, 마침내 고개 숙인 용의자의 눅진한 침묵을 음미하며…… 엔딩, 크으. 쥐꼬리만 한 봉급으로 뼁이 치면서도 그 맛에 형사질 하는 거 아니겠어? 그런데 지금은……"

문에서 울린 노크 소리가 허 반장의 말허리를 끊었다. 잠시 사이를 두고 빳빳한 정복 차림의 이 경장이 알루미늄 케이스를 들고 취조실로 들어왔다.

"반장님, TME 영장 나왔습니다."

"뭐 이리 오래 걸려?"

"요즘 법원에서 까다롭게 보더라고요."

"앉아서 사인만 하는 양반들이, 쯧."

허 반장은 이 경장이 건넨 종이를 쓱 훑어보고 건을 향해 내밀었다.

"전과가 없으니 TME 영장은 처음 보지? 뉴스에서 들어는 봤을 거야. 토털Total, 몽땅, 메모리Memory, 기억, 익스…… 익스, 뭐였지?"

허 반장이 이 경장을 돌아보며 물었다. 이 경장은 유창한 네이티브 발음으로 "익스트랙션Extraction, 추출"이라고 답했다.

"유학파 엘리트라 발음이 달라. 이젠 형사도 공부 많이 해야 한다니까."

허 반장은 건을 향해 헛웃음을 흘렸다.

"그래, 추출. 이건 범행에 대한 네 기억을 몽땅 추출할 수 있다는 영장이야. 뇌 곳곳에 흩어져 저장된 감각과 잔상, 근육들의 움직임, 뇌파의 변동, 호르몬 분출, 이런 기억의 파편들을 싹싹 긁어모아 재조립하면 범행 당시가 리플레이된다는 거지. 그럴 리는 없겠지만, 만일 죄가 없다면 아무것도 안 나올 테고. 그럼 나한테 눈 한 번 흘기고 바로 귀가하면 돼. 영장 내용 이해했어?"

허 반장이 영장을 들이민 채 기다렸지만 건은 묵묵부답이었다.

"깔끔하지. 이게 도입되면서 취조실의 스토리란 게 싹 다 사라졌잖아. 추출한 기억을 저장만 하면 바로 법정에 제출되는 자백서거든. 설렁탕은커녕 조서 쓰고 지장 찍는 절차마저 필요 없다니까."

허 반장은 고개를 저으며 혀를 찼다.

"낭만이 없어, 낭만이."

그사이 이 경장은 알루미늄 케이스를 열고 장비를 세팅했다. 노트북처럼 생긴 단말기를 부팅하고 헤드네트를 테스트하고 활력징후 모니터를 설치하는 분주한 손놀림을, 건은 눈만 치떠 훔쳐보았다.

"준비됐습니다."

"시작하지, 그럼."

이 경장은 건에게 다가가 머리에 헤드네트를 씌우고 손목에 바이털 밴드를 채웠다. 건은 잠깐 움찔했지만 저항하지 않고 순순히 협조했다.

"입을 벌리고 혀를 위로 붙이세요."

이 경장이 조그만 스프레이를 흔들며 말했다. 미간을 찌푸리는 건에게 허 반장이 대신 설명했다.

"그냥 진정제 뿌리는 거야. 기억이 잘 나도록 뇌를 말랑말랑하게 만들어주려고. 아, 크게…… 그렇지. 혓바닥 올리고."

이 경장은 건의 혀 밑에 스프레이를 분사한 후 허 반장의 옆자리로 돌아왔다. 두 사람은 멀뚱히 건을 건너다보며 기다렸다.

"소개팅은 어떻게 됐어?"

"아, 그게…… 반장님 귀에까지 들어갔어요?"

"이번엔 제대로 수갑 차는 거야?"

"밥만 먹고 헤어졌어요."

"마음에 안 들었어?"

"저는 더 만나보고 싶었는데, 결혼 상대로 경찰은 부담스러운 모양이더라고요."

"근데 왜 나왔대?"

"재미 삼아 나온 것 같아요. 범죄 수사물을 좋아한대요."

"그렇지만 경찰과 결혼할 마음은 전혀 없다."

"그럴 수 있죠. 저도 좀비물 마니아지만 좀비와 결혼할 마음은 전혀 없거든요."

"지랄."

블라인드를 내리듯 건의 눈꺼풀이 스르르 내려앉았다.

"이유가…… 있지 않을까요?"

건이 눈을 감은 채 어눌한 음성으로 웅얼거렸다. 허 반장은 고개를 갸웃하며 귀를 기울였다.

"응? 뭐가?"

"기억이, 흩어지는 데는……"

그 말만 흘리고 건은 의식을 잃었다. 거, 영 찜찜한 놈이네. 허 반장은 입속말로 꿍얼거렸다.

"사건 번호 MSP-6047, 용의자 김건, 기억 추출 시행합니다. 담당 경관은 수사 1팀 경위 허태식, 기술지원 팀 경장 이시형. 용의자 맥박, 호흡, 체온, 모두 정상입니다."

이 경장이 마이크에 대고 녹음한 후 단말기 키보드를 두드렸다. 허 반장은 다리를 꼬아 자세를 잡고 모니터를 들여다보았다.

"자, 무대부터 세팅하고."

"사건 현장 업로드합니다."

이 경장이 엔터 키를 눌렀다. 모니터 하단 진행 표시 바의

붉은 막대가 성큼성큼 달려 나갔다.

"쭉쭉 빨아들이네."

"아직은 방어기제가 작동하지 않는 모양입니다."

붉은 막대가 우측 결승점에 도착하자 모니터에 하얀 타일로 둘러싸인 공중화장실 영상이 떴다. 천장 구석에 설치된 CCTV로 내려다보는 듯한 각도였다. 실제 영상은 아니고 사건 현장 사진을 3D 이미지로 구현한 것이었다. 타일에 흩뿌려진 붉은 피며 깨진 거울은 원상 복구한 상태로.

"내 머릿속도 프로그램 돌려서 깨끗이 청소되면 좋겠다. 기억이라고 떠오르는 게 죄다 피 칠갑 영상뿐이니."

허 반장은 씁쓸하게 입맛을 다셨다. 영상을 점검하던 이 경장이 싱긋 미소를 머금었다.

"그게 다 반장님 훈장이잖습니까."

"됐다 그래. 나이 먹으니까 점점 흉악한 것들이 싫어. 영화도 이젠 스릴러는 안 본다니까."

"경찰청에서 하는 명상 센터에 나가보시죠. 저도 틈틈이 다니는데, 확실히 평정심을 유지하는 데 도움이 되더라고요."

"그런 덴 좀 민망해서. 아직은 애들 앞에서 가오도 살려야 되고. 그나저나 쟤도 명상 센터에 다니는 거 아냐?"

고른 숨소리가 탁자 너머에서 무심하게 건너왔다. 머릿속으로 범행 현장을 보고 있을 텐데 건의 맥박과 혈압에는 아무런 변화가 없었다.

"그러게요. 강심장인지 무딘 건지, 아니면……"

"저 새끼 맞아. 이상 없으면 특수 효과 들어가자."

"감각 자극 추가합니다."

해당 공중화장실에서 채취한 냄새, 범행 추정 시간인 오후 11시경의 주변 소음이 무대에 덧입혀졌다. 아울러 위드마크 측정기로 역산한 용의자의 당시 혈중알코올농도 0.05퍼센트의 자극이 가미되었다. 시각, 후각, 청각에 취기까지 총동원되어 건의 머릿속을 헤집고 다녔다.

"배우도 바로 투입해."

"피살자 오정환 이미지 업로드합니다."

이 경장이 다시 단말기 키보드를 두드렸다. 여러 각도에서 캡처한 더벅머리 노숙자의 이미지 파일이 한 장씩 업로드되었다. 죽죽 치고 나가던 붉은 막대가 72퍼센트에서 버퍼링이 걸리며 멈칫거렸다.

"슬슬 투정 부리기 시작하네."

"아직은 모릅니다. 노숙자 사진에는 누구나 거부감을 보이니까요."

"저 새끼 맞다니까. 상처 부위 꼼꼼하게 지웠지?"

"예. 그것 때문에 일이 많았어요. SNS 사진을 구할 수 없으니."

허 반장은 다양한 표정을 짓고 있는 노숙자를 보며 고개를 끄덕였다. 피투성이 시체 사진을 매만져 생생하게 살아 있는 이미지를 만들어야 했으니 일이 많았을 것이다. 용의자의 머릿속에서 피해자를 얼마나 입체감 있게 부활시키는가는 TME 성공 확률과 직결된 문제였다.

무대와 특수 효과와 배우까지 뇌리에 강제로 주입했건만 건의 활력징후 그래프에는 흔들림이 없었다. 허 반장은 지그시 입술을 깨물었다. 이제는 기다려야 했다. 감독이 대본을 들고 직접 나서서 공연의 막을 올리기를.

"범행 도구를 보여주는 게 효과가 좋은데."

"어쩔 수 없지. 부검의도 흉기 정체를 모르겠다는데."

"일자 드라이버 같다고 하지 않았습니까?"

"갈비뼈를 긁은 흔적이 다르대."

모니터에 뜬 공중화장실은 여전히 비어 있었다. 취조실에 앉혀놓으면 무조건 발뺌하고 보는 용의자들처럼, 뇌 역시 온갖 방어기제를 동원해 범행의 기억을 억누르기 마련이었다. 그래봤자 시간문제일 뿐이지만. 코끼리를 생각하지 말라고 하면 가장 먼저 떠오르는 게 무엇이겠나.

"어…… 으……."

건의 입술이 벌어지며 메마른 신음이 새어 나왔다. 한순간 오른 팔뚝이 움찔하고 뒤틀렸다. 허 반장의 한쪽 입술이 히

죽이 올라갔다.

"이제야 입질이 오네."

"심박수 올라가고 뇌파가 엉기기 시작했어요."

건의 입이 낚싯줄에 걸려 올라온 물고기처럼 뻐끔거렸다. 그와 동시에 모니터 속에서 화장실 문을 밀고 노숙자 오정환이 들어왔다.

"조연이 먼저 등장하나?"

곧장 세면대로 간 노숙자는 거울을 들여다보다가 허리를 숙여 머리를 감기 시작했다. 손바닥에 물비누를 듬뿍 받아 떡 진 머리를 힘차게 문질렀다. 하얀 세면대에 땟국물이 흐르는 게 선명하게 보였다. 이 경장의 손가락이 탁자를 톡톡 두드렸다.

"이렇게 디테일하게 재생된다는 건 화장실 밖에서 지켜보고 있었다는 얘긴데……"

"공원에서 한바탕하고 몰래 따라온 건가?"

샴푸를 끝낸 노숙자는 핸드 드라이어에 머리를 말리고 안주머니에서 칫솔을 꺼냈다.

"깔끔쟁이 노숙자네."

"그러게요. 드디어 주인공이 등장하네요."

건이 화장실 문을 밀고 들어왔다. 허 반장과 이 경장의 상체가 모니터를 향해 숙여졌다. 양치 중인 노숙자를 힐끔 쳐다본 건은 벽에 붙은 소변기로 가서 바지 지퍼를 내렸다.

"소리 나?"

"예. 쪼르르륵. 진짜 소변을 보고 있어요."

"밖에서 시비 턴 분위기는 아닌데."

건이 바지 지퍼를 올리고 세면대 앞으로 가더니 노숙자의 왼편에서 태연하게 손을 씻었다. 양치질을 마친 노숙자는 이를 한껏 드러낸 채 거울을 들여다보았다. 건의 오른손이 노숙자의 등줄기를 타고 올라갔다. 친구끼리 어깨동무를 하려는 듯이 자연스럽게. 뒤통수까지 올라간 손이 뒤에서 노숙자의 머리통을 강하게 떠밀었다. 챙, 소리와 함께 거울에 거미줄 모양의 금이 갔다.

"느닷없이 선빵을 날리네."

허 반장이 흥미롭다는 듯 중얼거렸다. 노숙자는 코피를 쏟으며 휘청휘청 뒷걸음질 쳤다. 무슨 일이 벌어진 건지 모르는 표정이었다. 그사이 건이 바닥에 떨어진 초록색 플라스틱 칫솔을 집어 들더니 양손으로 힘을 주어 부러뜨렸다.

"저거였군요."

이 경장이 마우스를 잡고 재빨리 건의 손 부분을 확대해 화면 옆쪽에 띄웠다. 해상도는 낮아졌지만 송곳처럼 날카롭게 부러진 칫솔 자루를 확인할 수 있었다.

"잘도 쪼갰네. 옛날 교도소에서나 하던 짓인데."

"현장에서 부러진 칫솔은 안 나왔죠?"

"자택에도 없었어. 가는 길에 버렸으면 찾기 힘들겠는데."

허 반장과 이 경장은 눈을 부릅뜨고 모니터를 주시했다. 맞은편에 앉은 건의 몸이 뻣뻣하게 경직되며 의자에서 떠오르는 것처럼 보였다.

"목. 왼쪽 목으로 먼저 가야지."

허 반장이 격투기 중계를 보듯 화면 밖에서 코칭을 했다. 그 소리를 들은 것처럼 모니터 속의 건이 부러진 칫솔을 노숙자의 왼쪽 목 부근에 찔러 넣었다. 목과 어깨가 만나는 지점에서 핏줄기가 치솟았다. 노숙자는 손으로 상처를 막을 생각도 하지 못한 채 힘없이 비틀거렸다. 사방의 하얀 타일에 붉은 피가 흩뿌려졌다. 칫솔을 움켜쥐고 다가가는 건의 얼굴은 분노로 일그러져 있었다.

"다음은 보디 샷. 복부에 어퍼컷 두 방 먹이고."

건은 노숙자의 복부에 연속으로 두 차례 타격을 가했다.

"마지막으로 심장을 노렸다가 4번 갈비뼈에 걸려서 삑사리."

건이 칫솔을 움켜쥔 주먹을 치켜들고 노숙자의 왼쪽 가슴을 향해 휘둘렀다. 하지만 칫솔은 가슴에 박히지 않았고 노숙자는 뒤로 떠밀리며 자빠졌다. 건은 다시 달려드는 동작을 취했다.

"그만, 스톱!"

허 반장이 다급하게 외쳤다. 화면 속의 건이 발을 멈추고 화장실 바닥에 쓰러진 노숙자를 우두커니 내려다보았다. 노숙자의 다리가 푸들푸들 경련을 일으켰다.

모니터 우측의 인체도에 타격 부위가 빨간 점으로 표시되었다. 이 경장이 전신 부검 사진을 불러와 인체도와 겹쳐놓았다.

"네 군데 자상. 부검 보고서의 위치와 정확히 일치합니다."

"커트, 오케이! 자식, 얌전 빼더니 멍석 깔아주니까 아주 화끈하게 재연하네. 영상 저장하고 마무리하자."

허 반장은 몸을 뒤로 기대며 이 경장의 어깨를 두드렸다.

"전과도 없는 사람이 왜 갑자기 저런 짓을 저질렀을까요? 눈이 완전히 돌아갔던데."

"또라이들의 깊은 속을 어찌 알겠어. 종신형 면하려면 뭐라도 털어놓겠지. 담배 한 대 피우고 올 테니까, 정리하고 재깨워봐."

허 반장이 의자에서 일어나 기지개를 켰다.

"어, 잠깐만요."

영상을 최종 검토하던 이 경장이 모니터에 얼굴을 붙이며 쇳소리를 냈다.

"왜 그래?"

"이것 좀 보세요."

허 반장은 엉거주춤 선 채로 모니터를 들여다보았다.

"저기 좌변기 두번째 칸, 문틈에 조그맣게 튀어나온 거요."

좌변기 칸의 문틈에 하얀 사각형 모서리가 비쭉 튀어나와 있었다. 이 경장이 마우스를 드래그해 그 부분을 확대했다. 희미하게 보이는 접힌 자국이 눈에 익은 모양이었다.

"저거, 봉투 아닌가요?"

"맞네. 편지봉투. 화장실 문틈에 왜 편지봉투가 끼어 있는 거야? 언제부터 저기 있었지?"

"처음에 점검할 땐 없었는데……"

"현장 사진 띄워봐."

실제 사건 현장에서 촬영한 사진들이 모니터에 차례로 지나갔다. 좌변기 칸의 문틈 어디에도 봉투 같은 건 끼어 있지 않았다. 굳이 확인할 필요도 없었다. 제일 먼저 출동한 허 반장도 현장을 샅샅이 뒤진 과학수사대 요원들도 본 적이 없는 물건이었으니.

"아!"

이 경장이 탄식을 뱉으며 의자 등받이에 털썩 기댔다.

"기억이 오염됐어요."

"무슨 소리야? 그럼 이거……"

"못 써요. 현장과 정확히 일치하지 않으면 증거 채택이 안 돼요."

"뭐?"

허 반장은 애먼 이 경장을 향해 눈을 부라렸다.

"말이 돼? 방금 봤잖아, 외부에 공개도 안 된 자상 부위 네 군데를 정확히 가격하는 거. '나 살인범이요' 하고 자백을 했는데, 저 종이 쪼가리 하나 때문에 나가리라고?"

이 경장은 힘없이 고개를 저었다.

"어쩔 수 없습니다. 안 그래도 TME의 신뢰성에 의문을 제기하는 목소리가 많아요. 기억과 무의식적 공상이 혼합될 여지가 있다는 거죠. 법원뿐 아니라 검찰에서도 증거 채택 가이드라인을 엄격하게 적용하는 추세예요."

허 반장은 탁자를 내리치려던 주먹을 끄응, 하며 천천히 내려놓았다.

"지금 정황 증거 몇 개로 잡아들인 거지, 물증은 하나도 없어. 이거 채택 안 되면 저 사이코 새끼 바로 풀려나는 거야. 방법이 없어?"

"용의자 내면에서 시스템을 뚫고 침투한 거라, 기술적으로는 손쓸 수 있는 게 없어요."

"다시 해봐도 똑같나?"

"현장 불일치 사유로 재시도는 금지돼 있어요. 한번 오염된 기억은 계속해서 영향을 미치기 때문에."

"슬쩍 지우면 안 돼?"

"반장님, 그건 증거 조작……"

"알아, 알아! 답답해서 해본 말이야."

허 반장은 방음벽 앞으로 가서 크게 한숨을 쉬더니 이마를 벽에 통통 찧기 시작했다. 메트로놈처럼 규칙적으로 이어지는 소리가 건의 숨소리와 겹쳐졌다. 이 경장은 손목시계를 확인한 후 손으로 마른세수를 했다.

"얼른 깨워서 다시 취조하는 수밖에 없어요. 옛날식으로."

"기억 추출 실패했다는 거 뻔히 아는데, 너 같으면 불겠냐. 체포 시한 얼마나 남았어?"

"두 시간도 채 안 남았어요."

허 반장은 몸을 돌려 곤히 잠들어 있는 건을 노려보았다. 실룩이는 입술이 승리의 미소를 짓는 것처럼 보였다. 기억이 흩어지는 데는 다 이유가 있다니까요. 다시 긁어모아 꿰맞춰봤자 어디선가 불순물이…… 닥쳐, 이 새끼야.

큼직한 콧구멍으로 콧김을 내뿜던 허 반장이 "그래!" 하고 소리쳤다.

"모니터 안의 저 자식은 기억 오염이고 뭐고 모르잖아."

"그렇죠. 저 공간 자체가 기억이니까."

"취조라면 어디서 해도 상관없지."

"예?"

266

"공범들 진술 어긋날 때 한꺼번에 연결해서 기억 추출하는 방법도 있다고 했지?"

"다중 접속도 가능하죠. 안정성이 떨어져서 권장하지는 않지만."

"내가 들어간다."

"예? 그건……"

"돼, 안 돼?"

"연결이야 가능하지만, 그랬다가는 반장님 기억까지 오염에 합세할 수 있어요. 감정 과잉 상태에서 이질적인 기억이 섞이면 예상치 못한 거부반응이 일어날 위험도 있고."

"어차피 저거 못 쓴다며. 배경만 재활용하자고. 살인의 기억이 시퍼렇게 재생된 현장이니, 살살 구슬리다 보면 뭐라도 흘리지 않겠어?"

"저기는 온갖 의식이 흘러 다니는 내면 공간이라 논리적인 대화가 어려울 텐데……"

"그만큼 허점이 더 많다는 거 아냐. 빨리 업로드나 해."

허 반장은 자리에 앉아 예비 헤드네트를 머리에 뒤집어쓰고 진정제 스프레이를 흔들었다. 이 경장은 하는 수 없다는 듯 이어폰 하나를 건넸다.

"이거 먼저 귀에 꽂으세요."

"뭐야, 이건?"

"베타 테스트 때 쓰던 장비예요. 이걸로 저 안에서도 외부와 통신할 수 있어요."

"이런 게 있으면 저 자식도 하나 채워놓지 그랬어. 현장 인터뷰가 가능했겠네."

"안 되죠, 그건. 용의자 기억을 추출할 때는 사소한 암시라도 작용하면 또 나가린데."

"젠장, 까다롭네."

허 반장은 이어폰을 귀에 꽂고 진정제 스프레이를 혀 밑에 뿌렸다. 엉덩이를 움찍거려 수면 자세를 잡는 사이 눈꺼풀이 스르르 아래로 처졌다. 기다려라. 내가 가서 탈탈 털어주마. 레트로 감성으로.

§ § §

몸이 빙글빙글 회전하며 블랙홀을 통과하는…… 저 멀리 소실점에서 새어 들어오는 빛…… 점점 커지는 밝은 빛이 머릿속을 가득 채우고…… 눈을 뜨는 순간 허 반장은 중심을 잃고 비틀거렸다. 벽을 짚은 손바닥에 차갑고 매끈한 타일의 감촉이 느껴졌다.

"야, 이거 진짜 같다."

허 반장의 입에서 절로 감탄사가 흘러나왔다.

"현실과 차이가 없을 겁니다. 감각이라는 게 결국 뇌가 인지하는 신경 신호일 뿐이니까요."

귓속의 이어폰에서 이 경장의 목소리가 들려왔다. 여기가 정말 용의자의 내면에서 재조립된 가상공간이란 말인가. 타일의 감촉뿐 아니라 먼지 긴 환풍기 돌아가는 소리, 표백제와 방향제가 배설물 악취를 감싼 공중화장실 특유의 냄새, 피부에 닿는 눅눅하고 사늘한 공기까지 현장에 출동했을 때 느낀 그대로였다. 차이가 있다면, 이번에는 바닥에 널브러진 피투성이 피살자 옆에 범인이 떡하니 서 있다는 점이었다.

"한칼 제대로 먹였네."

건이 생기라곤 없는 공허한 눈빛으로 허 반장을 돌아보았다. 살해 현장에 갑자기 형사가 나타났건만 표정에는 아무런 변화가 없었다. 외부감각은 현실과 똑같이 만들 수 있을지 몰라도 내면의 감각은 확실히 위화감이 느껴졌다.

"굿! 연기 좋았어. 박진감 넘치던데."

허 반장은 너스레를 떨며 건의 옆으로 다가가 함께 피살자를 내려다보았다. 아직도 영문을 모르겠다는 듯 게슴츠레하게 떠진 눈과 헤벌어진 입, 누렇게 변색된 삐뚤빼뚤한 치아가 현장에서 보았던 몰골 그대로였다.

이 중년 노숙자에게도 빛나는 청춘과 가슴 떨리는 첫사랑이 있었을 텐데, 어떤 갈림길과 악천후가 그를 이런 비극적인 결말로 인도했을까⋯⋯ 현장에서 변사체를 확인하며 스쳐 갔던 상념까지 허 반장의 뇌리에 고스란히 되살아났다. 벌써 갱년기인가, 쓸데없이 감상적이 되네. 범인이나 잡으면 그만 이지.

"왜 이런 짓을 했어? 불쌍한 노숙자한테."

허 반장은 과장되게 혀를 차며 건을 곁눈질했다.

"한잔 걸치고 지나가는데 널 째려보기라도 했어?"

취조실에서와 마찬가지로 건은 대꾸가 없었다. 물증이 없는 경우, 묵비권이라는 둑을 무너뜨리는 작은 구멍은 대개 범행 동기이다. 사람은 누구나 자기 마음을 이해받고 싶어 한다. 아무리 미친 짓을 했을지라도.

"재취업은 안 되고 모아놓은 푼돈은 주식으로 날리고, 마흔이 훌쩍 넘었는데 결혼도 못 해, 짜증 나고 세상이 원망스럽고 그랬어? 부모 잘 만나 탱자탱자 놀고먹는 놈도 많은데, 내 인생은 왜 이 모양 이 꼴인가. 저 버러지 같은 노숙자 새끼까지 나를 무시하네. 에이 씨!"

허 반장은 반발심을 자극하려 조롱하듯 주워섬겼지만 건은 말려들지 않았다.

"칫솔은 상상도 못 했는데, 그건 어디다 버렸어?"

"⋯⋯"

"네가 죽였다는 건 이미 똑똑히 확인했고, 속 시원히 말이

나 해봐. 왜 그랬어? 늘그막에라도 세상 구경 다시 하려면 정
상참작할 건덕지가 있어야지."

"……"

"여기가 낫지 않겠어? 밖에 나가면 또 이것저것 심란할 텐
데. 너 자신한테 고해성사 한다 생각하고……"

"일식."

노숙자를 내려다보던 건이 불쑥 내뱉었다.

"응?"

"일식 때문이에요. 개기일식."

허 반장은 눈을 끔뻑이며 건의 옆얼굴을 쳐다보았다. 드디
어 입을 열기는 했는데, 이건 웬 뚱딴지같은 소리인가.

"태양이 사라져서 사람을 죽였다는 거야? 무슨 부조리 문
학, 그런 건가?"

"달이 제 지름의 4백 배가 넘는 태양을 완전히 가려 지구에
까만 점을 하나 찍어요. 그 점 속에서 의식과 무의식이, 이성
과 광기가 몸을 섞는 소리를 들어요."

"야, 김건이 유식하네. 그런데 사건 날 일식이 있었다는 소
리는 못 들었는데."

허 반장의 대꾸를 무시한 채 건은 자신의 독백을 이어갔다.

"태양은 밝고 뜨겁고 거대한 가스 덩어리. 가까이 갈 수만
있다면 우리는 태양의 내부를 들여다볼 수 있을 거예요. 세

팍타크로 공처럼."

"세팍타크로라면, 족구 비슷한 그거 말이지?"

"유일하게 속이 들여다보이는, 유일하게 밖이 내다보이는 공이죠. 원래는 등나무 줄기로 만들지만 지금은 다 플라스틱으로 만들어요. 세상을 한 바퀴 빙글 돌아 롤링 스파이크를 때릴 때면, 하, 기분이 끝내줘요. 태양을 차는 것처럼."

갈수록 태산이군. 어디까지 진지하게 대꾸하는 게 좋을지 허 반장은 판단이 서지 않았다.

"다들 고모할머니를 싫어했지만 나는 좋아했죠. 탑처럼 쌓인 음식상 앞에서 칼과 부채를 들고 춤을 추거든요. 빙글빙글, 나비처럼."

"굿 말인가? 고모할머니가 무당이었구나."

"어느 날 고모할머니가 엄마 몰래 내 귀에 대고 속삭였어요. 넌 성직자가 되거나 살인자가 될 팔자라고."

"용하신 분이었네. 어떻게든 성직자가 됐어야지."

"내가 되고 싶었던 건 성직자도 살인자도 아니라……"

"아니라?"

"세계적인 세팍타크로 선수였어요."

"그럼 열심히 하지 그랬어. 국가대표가 돼서 가슴에 태극 마크 달면 얼마나 자랑스러워. 아시안게임에서 금메달 따면 병역면제도 받고."

"무릎과 무릎이 떨어지면 십자가가 부러져요."

"하아, 난해하다."

잠시 침묵에 잠겨 있던 건이 덤덤히 입을 열었다.

"일식 때문이에요. 개기일식. 대낮에 튀어나온 달이 태양을 가리면 짐승들은 겁에 질려 울부짖어요."

허 반장은 손끝으로 턱에 돋은 까칠한 수염을 어루만졌다. 과거 취조실에서도 이렇게 횡설수설하는 용의자들이 있었다. 정신이 온전치 않은 놈, 온전치 않게 보이려는 놈, 수사에 혼선을 주려는 놈, 자포자기해서 아무 말이나 뇌까리는 놈. 그런 횡설수설을 가만히 듣고 있노라면 한 번씩 회귀하는 포인트가 있었다. 삶에 지칠 때면 떠오르는 고향집처럼.

허 반장은 뒤로 몇 걸음 물러나 조용히 이 경장을 불렀다.

"예."

"우리나라에서 가장 최근의 개기일식이 언제였는지 찾아봐."

"마지막 개기일식은…… 2009년 11월, 25년 전입니다."

"그때 김건이 어디서 뭐 하고 있었지?"

"2009년 11월이면…… 군 복무 중이었네요. 강원도 철원에서. 음, 입대 전에 세팍타크로 선수였어요. 국가대표 상비군까지 뽑힌 경력이 있는데요."

"혹시 군대에서 무슨 일 없었어?"

"어, 아······"

"왜, 뭔데?"

"이등병 때 사고가 있었어요. 차렷 자세에서 무릎이 안 붙는다고 고참한테 야삽으로 맞아 전방 십자 인대가 파열됐어요. 개기일식이 있던 날에. 그 고참병이······"

"오정환이었군."

"예. 오정환은 영창에 갔고, 김건은 수술을 받은 후 의가사 제대를 했습니다."

"세팍타크로 선수 생활도 끝났을 테고."

"제대 이후로는 선수 경력이 없어요."

"'묻지 마 살인'이 아니라 복수극이었군. 노숙자 꼴로 사는 거 보고 위안이나 삼지, 그런 놈 때문에 인생을 두 번 망치나, 쯧."

"살해 동기를 알아냈으니까, 이걸로 몰아붙이면 자백을 끌어낼 수 있지 않을까요?"

"일단 구속영장 청구하고 장기전으로 가야지. 저 흉기만 찾으면 가장 확실한데······"

허 반장은 건의 손에 들린 부러진 칫솔을 힐끔 쳐다보았다.

"어디에 버렸는지, 여기서 나가는 기억을 계속 따라갈 수는 없나?"

"범행 현장을 이탈한 기억 추출은 금지돼 있어요. 오염 때문에 제대로 추출하기도 힘들고. 동선을 파악해 모든 배경을 정확히 세팅하지 않는 이상 빈틈으로 금세 다른 기억이 침투하거든요."

"아직까지 형사는 발로 뛰어야 하는 직업이군."

"손도 움직여야죠. 들어가신 김에 저 봉투 확인하고 나오세요. 랜덤 박스에서 치트 키가 나올지도 모르니까."

"예, 예, 그렇게 합지요."

허 반장은 좌변기 칸 문틈에 튀어나와 있는 편지봉투를 잡아 뽑았다. 요즘은 찾아보기도 힘든 밋밋한 규격 봉투였다. 이것만 아니었으면 간단히 끝났을 사건인데. 도대체 뭐가 끼어든 거야? 허 반장은 투덜거리며 봉투를 열었다. 안에는 편지지가 한 장 들어 있었다. 역시 까만 줄이 죽죽 그어진 밋밋한 편지지였다.

희정아.

겨울이 가니 어김없이 봄이 오는구나. 따뜻한 봄바람이 철조망을 뚫고 들어와 삭막한 부대에 봄소식을 전해준다. 연병장에 핀 노오란 개나리가 어찌나 탐스럽던지. 하지만 아직도 꽁꽁 얼어붙어 있는 내 마음까지 녹여주지는 못하는 것 같아……

종일 진지 공사를 하면서 네 생각을 했어. 네가 보낸 편지를 화장실에서 읽고 또 읽으며 흐르는 눈물을 멈출 수가 없었다. 그만 오빠 동생 사이로 남고 싶다는 너의 비수 같은 한마디가 읽을 때마다 내 가슴을 후벼 파는구나.

나는 아직도 모르겠어. 도대체 우리 사이에 무슨 일이 생긴 거지? 잠시 떨어져 지내는 시간조차 견디지 못할 만큼 우리의 관계가 가벼운 것이었나? 너와 갔던 데이트 장소, 함께 먹었던 음식, 날카로운 첫 키스의 추억이 내 마음속 호수에 맷돌처럼 무겁게 가라앉아 있는데.

희정아. 이 거지 같은 군 생활을 버틸 수 있는 건 오로지 네가 있기 때문이야. 하루하루 너만을 생각하는 내 뜨거운 진심을 부디……

허 반장은 눈알이 튀어나오는 줄 알았다. 볼펜으로 꾹꾹 눌러쓴 손 글씨는 눈에 익은 필체였다. 스물한 살의 이등병 허태식이 고무신 거꾸로 신은 연인에게 보내는 절절하고도 찌질한 연서. 내용도 토씨 하나 안 틀리고 그대로 복원된 것 같았다. 반듯함 속에 어지러운 심경이 배어나도록 볼펜을 움켜쥐고 한 글자 한 글자 정성껏 써 내려가던, 방금 전까지만 해도 까맣게 잊고 있던 기억이 어제 일처럼 또렷이 떠올랐다.

말도 안 돼. 피로 얼룩진 노숙자 살인 사건 현장에 뜬금없이 이 편지가 왜…… 아, 내 기억까지 오염에 합세한다는 게 이런 거였구나. 김건의 군대 얘기를 주고받는 사이 자신의 군 시절 기억이 스며들어 편지의 내용을 덮어쓴 게 틀림없었다. '빛나는 청춘과 가슴 떨리는 첫사랑'의 응원에 힘입어. 맙소사, 이 편지가 꼭꼭 접힌 채 기억의 캐비닛 어딘가에 여태 보관돼 있었다니.

"반장님, 뭡니까?"

이 경장의 목소리가 귓속에서 확성기를 댄 것처럼 요란하게 울렸다. 허 반장은 화들짝 놀라 편지를 박박 찢었다.

"어, 그거 왜 찢으십니까?"

"아냐, 아무것도. 내 옛날 기억이 오염돼 들어갔어."

"그래요? 뭔데 저러실까."

이 경장이 짓궂게 코웃음을 흘렸다. 다행히 자신이 읽은 내용이 밖에서는 보이지 않는 모양이었다. 이 편지가 새어 나갔다가는 정년퇴직할 때까지 위아래로 놀림을 받을 터였다. 오, 희정 씨~ 오, 맷돌~

"오염이 오염됐네요. 어떤 자객이 시스템을 뚫고 침투했는지 궁금했는데."

"자객은, 보나마나 허접한 추억 나부랭이였을 거야."

허 반장은 갈가리 찢은 편지를 변기에 넣고 물을 내렸다. 팔랑이며 바닥에 떨어진 종이쪽 하나까지 서둘러 변기에 던져 넣은 건 민망함 때문만은 아니었다. 풋풋하고 순수했던 시절의 추억을 살인자의 기억 속에 남겨놓고 싶지 않았다. 단 한 글자도.

소용돌이에 휩쓸려 변기 구멍 속으로 사라지는 편지를 보며 허 반장은 아련한 감상에 잠겨 들었다. 손…… 그래, 손희정이었지. 첫사랑 그녀는 지금 어디서 무얼 하고 있을까? 내셔널지오그래픽 전속 사진작가가 되고 싶다는 꿈을 이루었을까? 아직도 웃을 때면 콧잔등에 토끼 주름이 잡히려나? 나를 걷어찬 건 현명한 선택이었네. 형사 마누라는 뭐, 고생이지. 허 반장은 고개를 흔들며 피식 웃었다.

"이 경장, 나 이제 밖으로……"

몸을 돌리던 허 반장이 헙, 숨을 들이켰다. 열린 문틈을 막고 선 검은 그림자. 당연히 김건인 줄 알았는데, 문을 벌컥 열어젖힌 건 피 칠갑을 한 노숙자였다. 화장실 바닥에 쓰러져 있던 시체가 되살아난 것이다. 뿌연 눈깔에 입가로 피와 침을 질질 흘리면서.

"어라, 이거 뭐야? 왜 오정환이가 좀비가 돼서……"

말을 마치기도 전에 노숙자 좀비가 괴성을 지르며 덤벼들었다. 허 반장은 오른손을 뻗어 검푸른 혈관이 나무뿌리처럼 도드라진 목을 잡고 버텼다. 손아귀에 닿는 차갑고 물컹한 살덩이가 어찌나 리얼한지 전에도 좀비와 살을 맞대본 느낌이었다. 옆으로 뿌리치기에는 공간이 너무 좁았다. 왼손으로 안면을 몇 차례 가격했으나 좀비는 꿈쩍도 않고 발악했다.
침과 핏방울이 허 반장의 얼굴에 튀었다.

"야, 이것 좀 어떻게 해봐!"

버둥거리던 시커먼 손톱이 허 반장의 눈을 스쳤다. 팔을
움츠리는 순간 손아귀에서 차가운 살덩이가 빠져나갔다. 빨
간 핏물 사이로 뾰족뾰족 튀어나온 누런 이빨이 눈앞으로 달
려들었다.

"악!"

목과 어깨가 만나는 지점에 무딘 정이 박히는 통증. 피가
빠져나가며 드라이아이스를 갖다 댄 것처럼 상처가 서늘해
졌다. 뿌연 눈깔이 턱 밑에서 킬킬거렸다.

침착하자. 이 경장 경고대로 이질적인 기억이 섞이며 거부
반응이 일어난 거야. 여긴 가상공간일 뿐이라고. 근데 씨, 더
럽게 아프네. 좀비물 마니아란 말은 왜 꺼내가지고…… 허
반장은 정신이 가물가물 흐려졌다. 상관없어. 여기서 나가
면…… 그만이니까. 여기서…… 나가기만 하면……

§　§　§

몸이 빙글빙글 회전하며 터널을 통과하는…… 저 멀리 소
실점에서 새어 들어오는 빛…… 점점 커지는 밝은 빛이 머릿

속을 가득 채우고…… 태식은 눈을 떴다. 탁자 맞은편에 주먹으로 턱을 괴고 앉은 남자가 흐릿하게 시야에 들어왔다. 흑백이 고루 섞인 수염 자국이 입 주변으로 점점이 퍼져 있는, 이름이 뭐라고 했더라…… 건? 김건 반장이라고 소개했던 것 같은데. 남자가 씨익 미소를 머금었다.

"허태식이, 형사 놀이 재미있었어?"

태식은 정신을 차리고 주위를 둘러보았다. 옆쪽 벽에 붙은 반사거울에 헤드네트를 뒤집어쓴 어리벙벙한 얼굴이 비쳐 보였다. 빳빳한 정복 차림의 경장이 자신의 머리에 이걸 씌우고 혀 밑에 스프레이를 뿌리던 기억이 떠올랐다.

"그래도 일말의 죄의식은 있었나 보네. 마지막에 속죄의 좀비 쇼도 벌이고. 박진감 넘치던데."

태식은 빙글거리는 김 반장을 멍하니 건너다보았다.

"어떻게 된 거지? 조금 전까지 내가 형사가 되어 당신을 취조하는 꿈을 꾸었는데……"

"꿈은 아니고, 뭐랄까, 기억과 무의식적 공상이 뒤섞인 사이코드라마 같은 거지. 그게 결국 꿈인가?"

"비슷하죠."

옆에 앉은 이 경장이 단말기 키보드를 두드리며 대답했다.

"헛소리 집어치우고, 나한테 무슨 장난을 친 거야?"

태식이 헤드네트를 벗어 던지며 볼멘 음성으로 물었다.

"자신을 형사라고 착각한 범인이 제 머릿속에 있는 범죄의 진상을 낱낱이 파헤친다. 방어기제를 우회해서 자백을 유도하는 완벽한 스토리잖아."

"선량한 시민한테 강제로 약을 먹여 환각에 빠지게 하다니, 경찰이 이래도 되는 거야?"

"뭐 그런 우악스러운 용어를 쓰고 그래. 최첨단 VR 롤플레잉 심문 시스템을 두고. 아까 TMC 영장이라고 보여줬지? 토털Total, 몽땅, 메모리Memory, 기억, 콤퍼지션Composition, 작곡, 작문, 구성, 배합 기타 등등."

김 반장은 한껏 혀를 굴린 후 이 경장을 돌아보았다.

"발음 괜찮아?"

"퍼펙트합니다."

"이젠 형사도 공부 많이 해야 한다니까."

김 반장은 손끝으로 턱에 돋은 까칠한 수염을 어루만졌다.

"아무튼 네 기억을 몽땅 긁어모아서 마음대로 주물럭거려도 좋다는 그런 영장이지. 어때, 작품이 마음에 들어?"

태식은 당황한 기색을 감추며 콧방귀를 뀌었다.

"흥, 웃기는 소리. 이따위 VR 게임으로 내 진술이 달라지진 않아. 난 아무도 죽이지 않았어."

"꿋꿋하다 허태식. 그래, 용의자라면 이렇게 뻗대는 기개가 있어야 취조할 맛이 나지. 요즘 양아치들은 헤드네트 씌울 새도 없이 죄다 불어버린다니까. 잘근잘근 씹는 재미가 없어."

김 반장은 깍짓손을 탁자에 턱 올리며 상체를 앞으로 기울였다.

"그런데 어쩌나. 이미 네 입으로 범행 동기와 수법을 싹 자백하고 현장검증까지 마쳤는데."

"난 그런 적 없는데."

"너 자는 동안 조사 다 끝났어. 피살자 오정환과 너는 같은 부대에서 복무했잖아."

태식의 얼굴이 천천히 일그러졌다.

"그 와중에 이미지 세탁까지 했네. 실제로는 네가 고참이었더라고. 야삽으로 이등병의 십자 인대를 아작 낸."

"그건…… 실수였어."

"알지. 같이 짬밥 먹는 처지에 설마 고의로 그랬겠어? 하지만 애당초 사람한테 야삽을 휘두르면 쓰나. 무릎 안 붙는 거야 신체 구조상 어쩔 수 없는 건데. 그 실수 하나로 세계적인 세팍타크로 선수가 되겠다는 스무 살 청년의 꿈이 박살 나버렸잖아. 개기일식이 있던 날에."

자분자분한 말투와 달리 김 반장의 눈은 날카롭게 태식을 스캔했다.

"미친개한테 물린 셈 치고 새출발했으면 좋았으련만, 쯧. 이리 꼬이고 저리 치이다가 중년 노숙자로 전락한 오정환은,

어느 날 공원의 화장실에서 25년 전 자신의 인생을 망가뜨린 군대 고참을 알아보았지."

태식은 표 나지 않게 마른침을 삼켰다.

"어떻게 된 거야? 당신 때문에 내가 이 모양 이 꼴이 됐다고, 오정환이가 다짜고짜 따지고 들었나? 먼저 칫솔 부러뜨려서 위협하는 바람에 정당방위로 그렇게 된 거야? 참, 상처를 보면 정당방위 받기는 어려워. 외부에 공개도 안 된 부검보고서대로 정확히 네 방을 먹이던데."

태식은 고개를 쳐들고 뭐라 항변하려다가 입을 꾹 다물었다. 급할 것 없다는 듯 김 반장은 팔짱을 끼고 기다렸다. 이 경장이 마우스를 클릭하는 소리만 유난히 도드라졌다. 한참 눈알을 되룩거리던 태식이 억누른 목소리로 말했다.

"그래, 오정환과 내가 함께 복무했고 구타 사고가 있었던 건 사실이야. 엊그제 한잔 걸치고 그 공원의 화장실에 들렀던 것도 사실이고. 기억은 안 나지만, 웬 노숙자와 눈이 마주치는 순간 무심코 오정환을 떠올렸는지도 모르지. 그래서? 그게 뭐? 난 곧장 집에 가서 잤어. 꿈인지 사이코드라마인지, 그 우연한 장면 하나에 온갖 상상을 끼얹은 거잖아. 우연히 상처가 일치하건 말건, 이건 함정수사야. 난 당신들이 짜놓은 시나리오에 놀아난 것뿐이라고. 함정수사에 의해 수집된 증거는 효력이 없다는 거 몰라?"

"와, 별을 세 개나 달더니 얘 아주 변호사 다 됐네."

김 반장은 감탄하는 표정으로 이 경장을 돌아보았다. 이 경장은 장비를 정리하며 고개만 까딱했다.

"상상만 끼었었겠어? 이건 대놓고 연출과 각색이 들어간 픽션이라 법정에서 전혀 증거가치가 없어. 하지만……"

"하지만, 뭐?"

태식이 불안한 표정으로 김 반장의 입을 주시했다. 낚싯대의 손맛을 즐기듯 김 반장은 잠시 뜸을 들였다가 말을 이었다.

"메타포라고 할까, 숨겨진 진실의 사원으로 안내하는 길잡이 역할을 하거든. 예를 들면 랜덤 박스에서 나온, 눈물 없이는 볼 수 없는 이등병의 연애편지 같은 거."

"그, 그 편지가 뭐……"

"말까지 더듬는 걸 보니 고무신 거꾸로 신은 첫사랑한테 보냈던 편지가 맞나 보네. 아련하다. 누구한테나 그런 시절이 있다니까."

"젠장, 그게 사건하고 무슨 관계가 있다는 거야!"

태식이 주먹으로 탁자를 내리쳤지만 김 반장은 미동도 하지 않았다.

"아주 밀접한 관계가 있지. '그만 오빠 동생 사이로 남고 싶다는 너의 비, 수, 같은 한마디가 읽을 때마다 내 가슴을 후벼 파는구나.'"

김 반장은 편지 내용을 인용하며 '비수'를 힘주어 한 음절 씩 발음했다.

"남에게 절대 들키고 싶지 않은 흑역사이자 풋풋하고 순수 했던 시절의 추억. 너는 그걸 화장실 두번째 칸에 처박았지."

태식의 얼굴에서 핏기가 싹 가셨다.

"과학수사대가 벌써 출동했어. 지금쯤 두번째 칸의 변기를 뜯고 있을 거야. 아무래도 그 아래쪽 S자 트랩에 뭔가 걸려 있을 것 같거든. 부러진 칫솔이라든가. 요즘은 물속에 잠겨 있던 잠재 지문도 나노입자 시약으로 다 채취하더라고. 기술 좋아졌어."

태식은 긴 한숨과 함께 고개를 떨구었다. 철컥. 이 경장이 알루미늄 케이스를 닫는 소리가 경쾌하게 울렸다.

"먼저 가보겠습니다."

"응, 수고."

취조실 문이 열렸다 닫히는 사이 후터분한 공기가 앞다투 어 빠져나갔다. 김 반장은 의자 팔걸이에 비스듬히 몸을 기 대며 회색 방음벽을 둘러보았다. 고개 숙인 용의자의 녹진한 침묵을 음미하면서.

"예전 같진 않지만, 그래도 아직은 낭만이 남아 있잖아. 창 문도 없는 이 작은 방에 말이야. 안 그래?"

작가의 말

Allegro

소설집의 단편 중 가장 먼저 쓴 「사라진 배우들」이 2020년 발표작이니 4년 전이다. 그 사이 IT 업계의 다이내믹한 변화와 함께 많은 용어들이 생겨나고 사라졌기에 상당 부분 수정을 거쳐야 했다. 하지만 등장인물들의 대사와 행동은 그대로이다. 거기에 담긴 사랑과 갈망, 허물과 회한도.

Moderato

4년간 미래를 배경으로 한 단편들을 쓰며 나를 처음 글쓰기로 이끌었던 순수한 공상의 자유를 즐겼다. 그런데 한데 모아 정리하다 보니 가장 빈번하게 등장하는 단어는 '기억'이다. 미래는 그렇게 과거가 된다. 사라지는 속도를 따라잡지 못한 덕분에 선명한 궤적을 남기며 가라앉는 침전물의 형태로.

Andante

그 궤적을 더듬으려니 책이라는 물건은 천천히 생겨날 수밖에 없다(고 핑계를 대는⋯⋯). 그런 만큼 천천히, 아주 천천히 사라지기를 바란다. 게으른 글꾼을 기다려준 문지와 책의 대모가 되어준 허단 편집자님, 그리고 이 마지막 문장까지 천천히 읽고 있는 당신께 마음 깊이 고마움을 전한다.

2024년 봄
최제훈